最後の晩ごはん

ふるさととだし巻き卵

椹野道流

角川文庫
18824

イラスト／緒川千世

お店紹介「ばんめし屋」 ★★★★★

芦屋にある、知る人ぞ知る名店。店長の夏神がひとりで切り盛りする。営業時間は日没から日の出まで。メニューは日替わりで一種類のみ。その味に惚れ込み、常連になる客は数多い。

登場人物

五十嵐《いがらし》海里《かいり》

元イケメン俳優。
情報番組の料理コーナーを担当していたが……。

夏神《なつがみ》留二《りゅうじ》

定食屋「ばんめし屋」店長。
ワイルドな風貌。料理の腕は一流。

プロローグ

重苦しい眠りだった。

突然、見知らぬ人に取り囲まれ、彼はジリジリと後ずさる。

老若男女入り交じっている。数十人はいるだろう。でも、誰ひとりとして知り合いはいない。

誰なんだ、何なんだと狼狽《うろた》えた声で問いかけても、どけよと怒鳴っても、誰も答えない。

皆、能面のような無表情で、ただこちらをぼんやりと見ている。

それなのに彼らの足だけは前進し、どんどん間合いを詰めてくる。

怖い。

今すぐ背を向けて走り出したいが、背中を見せたら何をされるかわからない。

彼はただ、扇風機のように首を左右に巡らせながら、ジリジリと一歩ずつ下がっていくしかなかった。

だが、急に踵《かかと》が浮いた。

いや、浮いたのは踵ではなく、そこにあるはずの地面が……なかった。

いつの間にか彼は、崖《がけ》っぷちに追い詰められていた。靴底の下で、ボロボロと脆《もろ》い岩が崩れていくのがわかる。

崖の下にあるのは、切り立った岩……そしてそこに打ち寄せ、砕ける荒い波だ。

このまま同じ場所に留《とど》まっては、いつか落下してしまうに違いない。

とはいえ、彼を囲む人々は、崖など気にもせず、どんどん包囲網を狭めてくる。前へ小さく一歩踏み出せば、誰かの胸に彼の胸が触れてしまうほどに。

「ちょ……おい、やめろよ。誰だか知らないけど、そこ、どいてくれよ！　誰でもいいから下がれよ！　なあ！」

カラカラの喉《のど》から絞り出した声は、情けなく震えていた。

何故、自分がこんなに怯《おび》えているのかわからない。

彼らは近づいてくるだけで、彼に害を及ぼそうとはしていないのだ。少なくとも、今のところは。

勇気を振り絞って、目の前の誰かを思いきり突き飛ばし、逃げてしまえばいい。逃げることには、慣れている。

これまでの人生で、理不尽な絡み方をされたことは何度もあった。

しかしその都度、売られたケンカを買いたい気持ちをぐっとこらえて、ヘラヘラ愛想笑いを振りまきながら全速力で逃げ、無事にやり過ごしてきたのだ。

酔いに任せて投げつけられる偏見たっぷりの悪口雑言や、無差別に狩りの獲物を求めている連中がちらつかせるバタフライナイフに比べれば、今、目の前にいる人々など無害に等しいはずなのに。

それなのに、無表情、無言の人々に囲まれることが、こんなに恐ろしいなんて。

「どけって！」

胸を突き破りそうな心臓を宥《なだ》め、とにかく相手を下がらせようと、彼は怒鳴った。

だが、大声を出したとき、両足をつい踏ん張ってしまったのだろう。土踏まずの下の土が呆気《あっけ》なく崩れ、あっと思う暇もなく、全身がぐらりと後ろに傾いだ。

「うわッ！」

まずいと思い、反射的に一歩前に足を出そうと思ったのが仇《あだ》となった。浮いた足が再び地面に着くことはなく、体勢はますます乱れてしまう。

「わ……あわわわわ」

彼は空気を掻《か》くように、必死で腕を振った。しかし努力も虚《むな》しく、身体がスローモーションのように後ろへ倒れていくのがわかる。視界から、やはり落ちていく彼を無表情で見ている人々の顔が流れて消えていった。

代わりに見えたのは、空だった。

奇妙なほど美しい、雲一つない抜けるような青空だ。

（俺が崖から落ちるってときに、何だってこんな快晴なんだ？　イヤミか!?）

そんな的外れな八つ当たりが頭に浮かぶあたり、かなりピントがずれているのだが、その間にも、彼の身体は水平に近づいていき……ついに足の裏が地面から完全に離れ、全身が宙に浮いた。

（落ちる……！）

一瞬、すべてが静止した後、目に映る何もかもがおびただしい線の集合体に見えるほど、凄《すさ》まじい勢いで真っ逆さまに落ちていく。

頭からは血の気が引き、血液が急に押し寄せたつま先がカッと熱くなった。ほどなく彼は、頭から波打ち際の岩に叩《たた》きつけられるはずだ。バラバラになった身体は、たちまち波に飲み込まれ、沖へと運ばれてしまうだろう。

「うわあああああああっ！」

迸《ほとばし》る悲鳴さえも、あっという間に遠ざかる。

全身で、未《いま》だかつてないくらい地球の引力を痛感しながら、彼は弾丸のように落下し続けた……。

一章　脆い砂の上で

「わあああああ……っ！　……あ？」

奇妙な浮遊感、そして自分が本当に上げている悲鳴に驚きながら、「彼」は目を覚ました。

彼……五十嵐《いがらし》海里《かいり》の両目に映ったのは、晴れ渡った空……ではなく、クリーム色の天井だった。しかも、妙に近い。

天井から緩やかな局面で繋《つな》がった同じ材質と色の壁も、彼の身体のすぐ両脇にある。

壁の真ん中あたりからは、幅の狭い物置き用の棚が突き出していた。

つま先のすぐ向こうには、ロールカーテンつきの四角い扉がある。

狭い。まるで昆虫を飼育するプラケースのような空間だ。

「うう……」

さっきまでの悪夢の残滓《ざんし》と閉塞感《へいそくかん》、それに、空調がきいているとわかっていても感じずにいられない息苦しさ。

海里は小さく咳払《せきばら》いし、鈍い頭痛に呻《うめ》いた。

「ああ……そっか、ここ、宿か」

彼が今いる「宿」というのは、池袋《いけぶくろ》駅前のカプセルホテルである。

昨夜、午前二時を過ぎてここに放り込まれ、荒れた気持ちのままに缶チューハイを呷《あお》って、酔った勢いで寝てしまったのだ。灯《あか》りを消すことすら忘れていた。

頭をジワジワと締め上げるような頭痛は、酒に弱いくせに無茶をしたせいだろう。

「……今、何時だ？」

枕元に置いてあったスマートホンを手に取り、電源を入れると、時刻は午前八時過ぎだった。チェックアウト時刻の正午ギリギリまで寝てやろうと思ったのに、ずいぶんと早く目が覚めてしまった。

「はー……電話、すげえな」

しょぼつく目で眩《まぶ》しく光る液晶を眺め、海里はぼやいた。

着信音は三日前から切りっぱなしにしてある。

液晶に浮かび上がる電話の着信件数は、もう三百を超えていた。きっとほとんどは、海里の口から直接コメントを取りたがっている、デビュー前から顔見知りの芸能記者からだ。

メールボックスも、電話よりさらに一桁《ひとけた》多い、恐ろしい数の未読メール数を知らせてくる。

「もしかして誰か……いや、やめた」

あるいは、心配して連絡してくれた人が少しはいるかもしれないが、この大量の履歴の中からそれらを発掘するのはあまりにも骨の折れる、気の滅入《めい》る作業だ。

あっさり諦《あきら》めて、海里はスマートホンをシーツの上に放り投げた。枕を立てて、そこに頭をポスッと預ける。

起き上がるには気怠《けだる》すぎるし、すぐに寝直すには夢見が悪すぎた。

それに、他のカプセルの宿泊者たちがちらほら活動を開始しているのだろう。あちこちからガタガタと物音が聞こえてきて、とても二度寝の気分にはなれない。

とはいえ、じっとしていては息苦しさが募るだけなので、彼は何となく目に入ったリモコンを手に取り、足元近くの天井に取り付けられた小さなテレビをつけた。

耳慣れた明るいメロディーが、遠くから聞こえてくる。

「……ッ」

海里の全身が、ビクリと震えた。

リモコンを持ったまま、彼のまだ眠そうだった目が、いっぱいに見開かれる。

画面の中では、やや丈が短すぎる淡いピンクのワンピースを着た女子アナウンサーが、にこやかに朝の挨拶《あいさつ》をした。

『おはようございます、今日も元気いっぱい、頑張っていきましょう！』

毎朝、判で押したように同じ笑顔と同じ台詞《せりふ》だ。

海里にはお馴染《なじ》みのフレーズだったが、彼女の笑顔をテレビの画面の中、しかも正面から見るのは初めてだった。

彼は毎朝、他の人々と共に、彼女の笑顔を横から見守っていたのだ。彼自身も、精いっぱいの笑みを浮かべて。

そう、海里は五日前まで、この朝の情報番組の出演者だった。

彼の芸名は、五十嵐カイリ。

本名の「海里」をカタカナにしただけだが、それだけで今風の名前になるから不思議だ。

彼の職業は……少なくとも自称、俳優である。いや、であった、と過去形にすべきかもしれない。

とにかく彼が芸能界デビューしたのは、高卒後、これといった目的もなくフリーター生活をしていた十九歳のときだった。

バイト先のコンビニで、店に出す前の漫画雑誌をパラパラ読んでいたとき、お気に入りの漫画がミュージカル化されることになり、出演者を一般から公募するという記事を見つけた。

高校時代、フェンシングを題材にしたその漫画の、主人公のライバル役に似ているとよく言われていたので、ならばと軽い気持ちで、海里は公募にエントリーしてみたのだ。

何一つ演技経験のない素人が怖いもの知らずで挑んだオーディションだったが、それが「舞台度胸がいい」だの「フレッシュな魅力がある」だのと逆に評価され、彼は、かって似ているといわれた主人公のライバル役を本当に射止めてしまった。

その後、舞台関係者の紹介で小さな芸能事務所に所属することになり、歌やダンス、それにボイストレーニングやフェンシングのレッスンを受け、彼はわずか半年後、ミュージカル俳優として舞台に上がることとなった。

無論、そんな短期間でずぶの素人が一人前の俳優になれるはずはない。

他の出演者たちもほとんどは海里と似たり寄ったりの素人だったことから、ミュージカルの質は決して高いものではなく、当初の評判は惨憺《さんたん》たるものだった。

しかし、まるで高校生の部活のように、若い出演者たちは一丸となって努力を続け、やがて若い女性を中心に、観客は徐々に増えていった。

人気が高まるにつれ、公演期間は長く、会場は大きくなり、出演者も増えた。

海里たちミュージカルの初期メンバーは、ファンにはよく知られたカリスマ的存在となった。

そして四年後、漫画のストーリーを最後まで上演し、ミュージカルは大好評のうちに幕を下ろした。その頃には、初演から閉幕までライバル役を好演した海里には、小規模ながらファンクラブが出来るまでになっていた。

海里自身は、ミュージカル終了後も俳優業を続けたいと希望していたが、そんな彼を押しも押されもせぬ有名芸能人の座へと押し上げたのは、舞台演劇でもテレビドラマでもアニメでもなかった。

なんと、朝の情報番組で、料理コーナーを担当してくれないかというオファーが来たのである。

実は、インタビューなどで「趣味は？」と訊《き》かれると、特にないと正直に答えるのが嫌で、「料理です」と出任せを言っていたのを真に受けられたらしい。

最初、海里自身は気が向かず、そのオファーを断りたがっていた。だが、大きな仕事を逃したくない事務所の社長に「これはまたとないチャンスだ。この仕事でテレビの露出が増えれば、きっとドラマの仕事も来る」と説得され、渋々引き受けたのだった。

（体裁は、俺が自分の料理レパートリーを紹介ってことになってたけど、ホントは料理研究家が編み出した簡単レシピを教わって、ちょいちょいっと作ればいいだけだったもんな）

料理コーナーはたったの五分、しかも下ごしらえはアシスタントが完璧《かんぺき》に済ませてくれていたので、海里は軽いお喋《しゃべ》りをしつつ、簡単な料理を作り、甘い笑顔で「素敵な一日になるように、君だけのために作ったよ」と、完成した料理の皿をカメラに向かって差し出せばいいだけだ。

コーナーを始めた頃は、他の出演者に失笑されるほどの手際の悪さだったが、その不器用さがむしろ、女性たちの母性をくすぐったらしい。

コーナーは大好評となり、海里はたちまち番組のレギュラーに昇格した。

途中から調子に乗って言い始めた、料理が完成したときの「ディッシー！」という決めぜりふも、全国的に大流行した。

「皿」を意味する“dish”と、「ある人が肉体的に魅力的である」という“dishy”というスラングを掛け合わせた……などという理屈は抜きにして、キャッチーな語感と、元気よく皿を差し出す動作、それに甘く愛嬌《あいきょう》のある笑顔が受けたのである。

ウィークデーの朝に五分だけ活躍するに過ぎなかった海里だが、もともと人懐っこくお調子者の性格な上、「ディッシー！」の一言が流行語大賞の候補になったこともあり、トーク番組やクイズ番組、バラエティ番組にもゲストとして呼ばれる機会が徐々に増えた。

ファッション雑誌や芸能雑誌でも、「街で噂の若手イケメンタレント」を特集するときは、必ず取材される存在となった。

街中で「顔バレ」することも多くなり、他の芸能人たちと飲み歩く機会も増え、海里は典型的な芸能人として華やかな生活を謳歌《おうか》していた……そう、五日前の朝までは。

六日前の深夜、海里は、事務所の社長兼マネージャーの大倉美和《おおくらみわ》からの電話で叩《たた》き起こされた。

朝の番組に出演する都合上、海里はこの二年近く、月曜日から金曜日まで、毎朝三時に起床してきた。

だが、その電話がかかってきたのは、午前二時過ぎだった。

いくら何でもモーニングコールには早すぎる。

寝ぼけ眼に不機嫌な口調で電話に出た海里に、美和は厳しい声で、今日のテレビ出演は中止だ、決して外に出ず、連絡するまで自宅にいるように、自分以外の電話には絶対に出ないようにと命じた。

いったい何ごとか……と怪訝《けげん》に思いつつも、美和のあまりの剣幕に何も訊けなかった海里だが、事情はすぐに飲み込めた。

その日発売された写真週刊誌に、「人気の若手女優と海里の深夜デート写真」が掲載されたのだ。

若手女優は来年、朝の連続ドラマの主役を演じることが決定している。そんな彼女が深夜、泥酔状態で「大人気のイケメン料理俳優」の腕に縋《すが》って居酒屋から出てきて、二人でタクシーに乗り込み、向かった先は女優の自宅マンション……とくると、これは大したスキャンダルである。

その朝から、海里の料理コーナーは、「体調不良のため」というお決まりの理由で中止となり、彼は芸能記者から身を隠すべく、自宅に貝のように閉じこもるしかなかった。

そして、昨夜遅く……。

海里の自宅マンションに訪ねてきた美和に、海里はあっさり解雇を告げられた。

「悪いけど、あんたが何を言おうともう無理。女優さんの事務所サイドからの圧力なの。あんたを切らなきゃ、うちの事務所を丸ごと干すって。私は社長として、事務所と他のタレントを守らなきゃいけないのよ」

そう言った美和は、海里の必死の抗議を一切聞き入れなかった。

そもそも、海里の暮らすマンションは事務所が借りていたものだ。

荷物はあとで実家に送るからと言われ、身の回りのごく僅《わず》かな品物だけをバックパックに詰め込むよう命じられて、彼はこのカプセルホテルに連れてこられたのだ。

「いいこと、実家に戻って、大人しくカタギの仕事をなさい。何年かしてほとぼりがさめた頃に迎えに行ってあげるから、それまで余計なことは一切喋るんじゃないわよ。それが、他ならぬあんたのためなんだから」

それが別れ際の美和の言葉だった。

デビュー前からずっと海里の世話を焼いてくれた、年齢的にも存在的にも母親のようだった人物にしては、あまりにも薄情な台詞《せりふ》だ。

(どうせ「迎えに行く」なんて、単なる口封じ目的の嘘だろ)

小さく舌打ちしながらも、海里はテレビに見入った。

ついこの間まで、平日は毎朝顔を合わせていた人々が、楽しげに番組を進行している。

便利な家電、愉快なイベント、日本初上陸のスイーツ……。心が躍るようなコンテンツに、毒にも薬にもならないようなふわふわしたコメント。

アイドルのような可愛らしい気象予報士による天気予報に、星占い、本日のラッキーカラー、芸能ニュース。

海里の料理コーナーがないことなど、誰も気にしていない。

出演者たちが並ぶテーブルには、もう海里の席はない。皆、海里など最初から存在しなかったように、あっけらかんとした笑顔ではしゃいだ声を上げている。

「……なんだよ。俺は空気か」

どうしようもない虚無感に襲われ、海里はテレビを消した。

切なさと怒りが、あらためてジワジワと全身に染みてくる。そうなることがわかっていたから、事件発生から今まで、この番組を敢《あ》えて見ずにいたのだ。

「何だって俺は、こんなところにいるんだ」

思わず、低い呟《つぶや》きが漏れた。

美和は昨夜、「有名人が身を隠すにはこういう安宿のほうが意外性があっていいから」と説明したが、いくらなんでもカプセルホテルは酷《ひど》いのではないだろうか。

本当ならば今頃、それなりに上がった料理の腕を遺憾なく発揮しているはずの自分が、狭苦しいカプセルの中で、宿備え付けのちんちくりんな浴衣《ゆかた》を着てだらしなく横たわっている。

そんな状況につくづく嫌気が差して、胸がむかついた。

ここにいても気が滅入るばかりだが、街に出て、人目につくのも避けたい事態だ。出来れば街に人が溢《あふ》れかえる前に、池袋から脱出したい。

「……とりあえず、外の空気が吸いてえな。あと、どっかで頭痛薬買おう」

自分に言い聞かせるようにそう言って、海里は身を起こした。そして、のろのろと浴衣を脱ぎ、昨夜脱ぎ捨てたままの服に袖《そで》を通し始めたのだった。

春先とはいえ肌寒いので、海里はダメージジーンズとロングスリーブのシャツの上に地味めのジャケットを着込み、深緑色のストールを首に緩く巻いた。

さらにカジュアルなハットと眼鏡で念入りに変装し、ホテルの外に出た彼は、思わず深呼吸した。

開店前の店の前には生ゴミが積み上がり、その臭気が多少混じってはいたが、カプセル内よりは開放的な気分である。

ただ、出勤してくる人々が行き交う通りを歩くことは、今の海里には恐怖だった。

変装など、勘のいい人々や芸能記者の前では、ろくに役立たない。

雑誌発売以来、自宅マンションのインターホンは鳴りっぱなしで、ちょっとベランダに出ただけで、外で張っていたカメラマンたちに激写された。美和いわく、マンションの出入り口にも、芸能記者が山ほど張り付いていたらしい。

昨夜の脱出劇も、同じ事務所の若手俳優が清掃業者に扮装《ふんそう》し、ゴミを運ぶコンテナの中に海里を隠して外に連れ出すという、スパイ映画さながらのスリリングな方法でようやく成功したのだ。

（はあ……なんだって俺が、こんなにコソコソしなきゃいけねえんだよ。誰も、ホント

のことなんか知りゃしないのに)

ゴミだらけの細い路地に踏み込み、海里は今朝からすでに十何回目の溜《た》め息《いき》をついた。

相手の若手女優が大手事務所に所属していたせいで、スキャンダルにおいて、海里は一方的に悪者に仕立て上げられた。

怖々見たワイドショー番組では、会ったこともない役者や芸人、芸能レポーターたちが、自分について根も葉もない噂を喋《しゃべ》りまくるのを見たし、恋愛カウンセラーとやらが、彼の態度を男の風上にも置けないと貶《けな》すのも見た。

当の若手女優は、早速涙ながらの会見を開き、実に巧妙に、誘ったのは海里であること、自分は酔っていて断りきれなかったが、一線は決して越えていないことを遠回しに喋り、自分の立場をきっちり守っていた。

結局、海里は事件を穏便に収束させるためのスケープゴートにされ、ただの一度も弁明のチャンスを与えられず、芸能界を追放されてしまったのだ。

弱小事務所に所属するタレントの悲哀だと言ってしまえばそれまでだし、自分も不注意だったのは事実だ。とはいえ、あまりにも理不尽な仕打ちである。

今、人々に見つかって騒がれても、守ってくれる人はもういない。

とにかく、誰にも気付かれないようにこの街から、いや、東京から逃げ出すしかないのだ。

人通りの少ない裏道を選び、タクシー乗り場を探して歩きながら、海里はふと思いついてスマートホンを取り出した。

東京を離れる前に、ひとりだけ声を聞きたい相手がいた。

今なら、まだ自宅にいるだろう。眠っているかもしれないが、相手が海里だと知れば、怒りはすまい。

数回、コール音がした後、「ふぁい」とやはり眠そうな声で出てきたのは、里中李英《さとなかりえい》だった。

彼は海里と同じミュージカルで芸能界デビューした、いわば同じ職場の同期である。三歳年下の彼は海里のことを兄のように慕っており、ミュージカルが終わった後も、親しい付き合いが続いていた。

海里には、一緒に食事をしたり酒を飲んだりする芸能人の友達はたくさんいるが、何でも話せる心からの親友は李英だけだった。

きっと海里のことを信じてくれているはずの彼にだけは、本当のことを告げておきたい。その一心で電話した海里だったが、李英は、相手が海里だと気付くと、電話の向こうで小さく息を呑《の》んだ。

『海里先輩……？　今、先輩が解雇されたってテレビで……ホントですか？　大丈夫ですか？』

耳慣れた優しい声でおずおずと問われ、海里は周囲に誰もいないことを確かめながら、小声で答えた。

「そうなんだ。色々あってさ、俺、ちょっと東京離れようと思って。そんで……」

『僕、何度も先輩に電話したんですけど、繋《つな》がらなくて』

「あー、家電はコード抜いたんだ。あんまりかかってくるから。スマホも着信すげえから、ずっとガン無視。悪い、やっぱかけてくれてたんだ。俺、お前にだけは話したいことがあってさ。実は……」

弟分だけは、自分の味方でいてくれる。久々に感じる喜びに胸を震わせながら、海里は勇気百倍で事の真相を語ろうとした。だが、李英はそれを遠慮がちに遮った。

『あの、そうだ。すいません。僕、もう駄目なんです』

「えっ?」

意表を突かれ、海里は絶句する。スピーカーからは、ボソボソと李英の優しい、けれどちょっと震えを帯びた声が聞こえ続けた。

『僕んとこにもこの数日、芸能記者がたくさん来てるんです。事務所からは……その、先輩と仲がいいことは絶対言うなって……先輩のことは何も話すなってきつく言われてて』

「あ……そ、そりゃ、悪《わり》ぃな。もしかして、迷惑かけてたりすんのか?」

『いえっ、そんなことは……僕は、ないんですけど。でもあの、僕、嘘がヘタなんで……先輩と連絡取ってないかってマネージャーや事務所の偉い人に問い詰められたら、凄《すご》く……その、何ていうか。記者さんにも……何も知らない、聞いてないって言い通すの、難しそうで。だから』

申し訳なさそうな李英の声を聞くうちに、海里の胸の奥に宿ったはずの温《ぬく》もりが、瞬く間に氷の塊に変わる。

弟分の思わぬ拒絶に、海里は思わずまだ開店していない店のガラスにもたれかかった。そうしないと、グズグズと頽《くずお》れてしまいそうだったのだ。

「……そっか」

たった一言の相づちを、喉《のど》の奥から引っ張り出すのがやっとだった。

『すみません。僕、何の力にもなれなくて』

スピーカーから聞こえる李英の声も、苦しげだ。

わかっている。

李英に悪気はないのだ。

彼は本当に、海里のことを案じてくれているに違いない。

そこまで気が回らなかったが、ミュージカル時代、特に仲のいい二人として何度もツーショットを披露していただけに、李英に取材が押し寄せるのも当たり前のことだった。

きっと多大な迷惑をかけているのに、海里を一言も責めないのは、李英の優しさだ。

彼が所属しているのは、有名俳優やミュージシャンを多数抱える有名な大手芸能事務所だし、そこでパッとしない舞台役者を続けている彼は、ただでさえ肩身が狭いと聞いている。海里のことで厄介ごとに巻き込んでしまったら、李英まで事務所にいられなくなってしまうかもしれない。

　血の気の引いた頭でようやくそれだけ考えた海里は、無理に明るい声を絞り出した。

「そうだよなあ、お前、嘘つけねえ性格だし、問い詰められたら俺の秘密をペラペラ喋っちゃうかもなあ」

『ぼ、僕、そんなことはしませ』

「いいからいいから。うん、迷惑掛けてマジ悪かったよ。記者に俺のこと聞かれたら、あいつのことなんか知らない、ずっと会ってねえって言っとけ。構わないから」

『でも、先輩！』

　ミュージカル時代から変わらない懐かしい呼び方に、海里は目の奥がじんわり熱くなるのを感じた。

　何故こんなことになってしまったんだ。助けてくれ。お前だけは、俺を見捨てないでくれ。

　そんな甘えた懇願が、今にも口からこぼれてしまいそうになる。

　だが李英にだけは、最後まで兄貴風を吹かせたかった。だから海里は、腹にグッと力を込め、ことさらに明るい声を張り上げた。

「いいんだって。嘘が苦手でも、お前、役者だろ？　そんくらい台詞《せりふ》だと思って、涼しい顔で言ってみせろよ。ま、しばらく会えないだろうから、俺は平気だって伝えられただけでよかった。お前も元気で頑張れよ！」

『ま、待ってください、先ぱ』

必死で呼び止めようとする李英を無視して、海里は通話を切った。それでもしばらくスマートホンを持ったまま、歩き出す気力もなく項垂《うなだ》れる。

しかし、さっきの大声と、変装していても人目を惹《ひ》いてしまう出《い》で立ちが災いして、彼の周囲には、いつしか人が集まり始めていた。

『ねえ、あれもしかして五十嵐カイリじゃない？』

『あの、みゆみゆを騙《だま》して酔い潰《つぶ》したってサイテー男だろ、五十嵐カイリって』

『事務所をクビになったって聞いたけど、それにしたって朝からこんなとこにいる？』

『ただのそっくりさんかなあ』

『似てるだけだったら、かっこいい人だよね。声かけてみよっか』

さざめきのように、立ち止まった通行人たちのヒソヒソ声が海里に押し寄せてくる。

それはまるでさっき見た夢のようで、海里は総毛立った。

「……くそっ」

ブルブルと首を振って気を取り直すと、自分を取り囲みつつある人々を押しのけ、足早に歩き出す。だが背後から、数人がついてくる気配を感じた。

しかも、チラと振り返ったとき、大声で自分の名を呼びながら、記者らしき男がこちらへ走ってくるのも見えた。

「畜生、なんで俺が逃げ回らなきゃいけねえんだよッ」

悔しいが、逃げないと厄介なことになるのは目に見えている。

海里は全速力で走り出した。大通りに出て、せわしなく周囲を見回すと、ちょうど客が降りたばかりのタクシーがあった。

所定の乗り場ではなかったが、海里は会計を終えたばかりの女性客を押しのけ、強引にタクシーに乗り込んだ。

「ちょっとお客さん。ここでは困りま……あっ」

困惑顔で振り返ったまだ若い運転手は、サングラスを外した海里の顔を見て、驚いた顔をした。どうやら、「朝の顔」のことは知っていたらしい。

「お客さん、もしかして」

「いいから出してくれ！　東京駅まで！」

「あ……は、はい、なるほど、追われてるんっすね。いいっすよ。あっ、でも新幹線で逃げるんなら、東京より品川のほうがよくないっすかね？」

アクセルを踏みながら、運転手は訳知り顔で、嘲《あざけ》り交じりの問いを投げかけてきた。

海里は屈辱感に震えた。だが、今は怒っても仕方がない。怒りをぐっと飲み下し、サングラスを掛け直す。

「東京駅でいいから。八重洲《やえす》口」

声の調子から、海里の苛立《いらだ》ちを汲《く》み取ったのだろう。運転手は小馬鹿にしたような笑みと共に、「わっかりました」と肩を竦《すく》めてみせる。

（ああ……頭痛薬、買えなかったな）

割れそうに痛み出したこめかみを片手で揉《も》みほぐしながら、海里はミラー越しの興味津々の視線から逃れるように、ギュッと目を閉じた。

＊　　　＊

それから五時間後、海里は実家の最寄り駅に降り立った。

兵庫県神戸市の、ＪＲ摂津本山《せつつもとやま》駅。青い瓦屋根《かわらやね》の、一見、一般家屋のような駅舎が懐かしい。

ミュージカル俳優になるため上京して以来、一度も帰ったことのない故郷の駅である。

各駅停車しか停まらない、どこか田舎じみた雰囲気のあるこぢんまりとした駅だが、何故か駅前のロータリーだけは立派で、周囲には嫌というほど様々な店舗が建ち並んでいる。

それもそのはず、駅周辺は、岡本《おかもと》と呼ばれる神戸でも指折りの学生街なのである。近くに有名な私立中学、高校や大学があり、駅前には学生や若者たちが入りやすそうな気軽な店、お洒落《しやれ》な店が数え切れないほどある。

その分、店の入れ替わりも激しく、海里がこの街を去ったときとは、パッと眺めただけでも相当に様変わりしていた。

個人経営の小さな店が減り、どこにでもあるような大手飲食チェーン店が増えたような気がする。

「ここに、スタバなんてあったっけか……。あったような気もするけど、入ったことはねえなあ」

首を捻《ひね》りながら、海里は実家に向かって歩き出した。久々に駅前をぶらついてみたい誘惑にかられるが、サングラスと帽子を外す度胸がない今、それを試すのは憚《はばか》られた。

何しろ、ワイドショーは全国ネットだ。日本のどこへ行っても、いや、もしかしたらハワイあたりなら外国でも、海里の顔を見ただけで、正体に気付く人がそれなりにいるはずだ。

ただ、いくら何でも、渦中の元芸能人が東京を離れてこんな場所にいるとは誰も思うまい。そう考えると、ほんの少しは肩から力を抜くことができる。

コンクリートで固められ、やや貧弱な水量が悲しい天上川《てんじょうがわ》沿いに、この辺りの人間がナチュラルに使う表現で言えば「山側」、つまり六甲山系が見える北側に向かって、緩い坂道を上っていく。

高校時代、毎日通った道のりだ。

ただし、海里はこの街で生まれたわけではない。生まれも育ちの大半も、神奈川県である。

海里が幼い頃に、船乗りだった父親が海難事故で死んだ。

それからは母親と、海里と年の離れた兄が働いて、海里を育ててくれた。そして彼が中学三年生の秋、神戸在住だった母方の祖父が亡くなり、祖母がひとり遺《のこ》された。

年寄りのひとり暮らしを心配した海里の母親は、海里が中学校を卒業すると同時に、息子たちを連れ、実家に引っ越したのだ。

だから海里がこの街で暮らしたのは、実はたったの三年と半年である。

祖母は同居を始めて二年後に病没し、今、実家には海里の母親と兄が暮らしているはずだ。

わけあってずっと帰っていなかったので、実家へ行くのはどうにも気が進まず、坂道を上る海里の足取りは重い。

阪急《はんきゅう》電車の高架を潜り、さらに坂道を上がり続けて、昔からある診療所のある角を斜め左に曲がる。典型的な住宅街を東から西へ向かってひたすら歩いていくと、そのうち、南北に走る十二間《じゅうにけん》道路という幹線道路にぶち当たる。

そこからほんの少しだけさらに西へ行ったところで、海里は足を止めた。

少し古びた白い低層マンションの横にある、鬱蒼《うっそう》とした木立。その向こうに見える赤茶けた屋根の一軒家が、海里の今の実家である。

木立の横、やけに奥まったところにある門扉は相変わらずだが、そこまで行った海里は、「あれ？」と足を止めた。

狭い庭にもっさり茂った木々は記憶のままなのに、そこから透けて見える実家の建物が、妙に小綺麗《こぎれい》な気がする。

淡いグレーと煉瓦色《れんがいろ》に塗り分けられた壁は、もっとくすんでいた気がするのだが、今はクッキリしたコントラストが日光を浴びて美しいほどだ。

「そういえば……だいぶ前に電話で、リフォームしたとか言ってたっけ」

いい加減に聞き流していた母親の言葉をぼんやり思いだしながら、海里は少し躊躇《ためら》いつつインターホンを押した。

『…………はい？』

スピーカーから、妙な間を空けて、探るような母親の小さな声が聞こえた。

「あ、俺、海里だけど」

そう言うと、母親はすぐに上擦った声で「入ってらっしゃい！」と応じてくれた。

いくら実の母親といっても、長らく寄りつかなかった次男などもう知らないと言われる可能性があると自覚していた海里だけに、母親が手放しで歓迎してくれた気配に、ホッと胸を撫《な》で下ろした。

実際、母親の公恵《きみえ》は、玄関の扉を開け、サンダルを中途半端に突っかけたままで飛び出してきて、海里の両腕に触れた。

「あらあらまあああ」

お帰りという言葉さえ上手《うま》く出てこないらしく、母親はただ意味のない声を上げながら、海里の二の腕をさする。

その手のひらの温《ぬく》もりがジャケット越しでも感じられた気がして、海里は胸がキュンとなった。

電話では時折話していたが、顔を見るのは六年ぶりだ。

べつに海里の背が伸びたわけでもないのに、母親は記憶より一回り小さく見えた。いつも化粧っ気のない顔も少し老け、髪に白髪が目立つようになっている。

「その……ただいま」

照れながら帰宅の挨拶《あいさつ》をした海里の背中を抱くようにして、母親は家の中に連れて入った。

玄関に一歩踏み込んだだけで、海里は凄《すさ》まじい違和感に襲われた。

リフォームしたというのだから当たり前なのだが、家の中がすっかり様変わりしてしまっていたのである。

海里の知るかつての実家は、もともと建てたのがアメリカ人だったせいで、ドアノブが妙に高かったり、玄関に上《あ》がり框《がまち》がなかったり、リビングに暖炉があったりしたのだが、そうした特徴がすべて消え失せ、ただのこざっぱりした建て売り住宅のようになってしまっていた。

「一憲《かずのり》がね、頑張ってリフォームしてくれたの。私もだんだん年を取るから、バリアフリーがいいだろうとか、ホームエレベーターをつけようとか、色々考えてくれてね。素敵なお家になったでしょう？　床暖も入ったから、あのすっごい底冷えがなくなったのよ」

白を基調に小綺麗にまとめられた、見知らぬリビングに通され、ソファーで借りてきた猫のように落ち着かない海里にとりあえずのお茶を運んできた公恵は、嬉《うれ》しそうにそう言って、海里の隣に腰を下ろした。

兄の名前を久々に耳にして、海里は複雑な面持ちになる。だが母親は、海里が口を開く前に、矢継ぎ早にあれこれと問いかけてきた。

昼は食べたのかと問われ、新幹線の車中でサンドイッチを摘まんだと答えたら、ではせめてお菓子を食べろと焼き菓子を勧められた。

バターの香りがするマドレーヌを海里がもぐもぐと頬張っていると、そこでようやく弾みがついたのだろう、公恵は思いきった様子で、「大丈夫だったの？」と訊《たず》ねてきた。

母親の軽く潤んだ目を見れば、何が大丈夫なのかと問い返すまでもない。

「あ……いや、大丈夫だけど」

「目が赤いし、ちょっと痩《や》せたみたいだし。ちゃんと食べてる？　寝てる？　しばらく泊まっていけるんでしょう？」

母親はなおも畳みかけるように問いかけてくる。

どうせ、ワイドショーでも見て、大まかな、しかし大いに間違った「事情」は把握しているのだろう。

とにかく時間はあるのだから、真実はおいおい詳しく告げるとして、事務所から言われたとおり、当分は実家で暮らしたい……と海里が告げようとしたとき、玄関の扉が開閉する音が聞こえた。

ドカドカと荒い足音が聞こえたと思うと、凄まじい勢いでリビングに入ってきたのは、大柄な中年男……海里の兄、一憲だった。

海里より十三歳年上で、今年三十八歳になる一憲は、公認会計士になり、実家近くの会計事務所に勤めている。

今は勤務中のはずで、夕方まで兄は帰ってこないと高を括《くく》っていた海里は、驚きの余り、ソファーに座ったまま小さく飛び上がった。

長身だがスリムな海里に対して、一憲は整った顔立ちではあるが、ガッチリとした体型をしている。高校、大学とサッカー部に所属していただけあって、今でも服の上から筋肉の盛り上がりが見て取れるような立派な身体だ。

「うわ、に、兄ちゃん」

思わず腰を浮かせかけた海里に、かっちりしたスーツを着込んだ一憲は、ネクタイを緩めることとすらせず、ドスの利いた声で怒鳴った。

「この馬鹿者が！　どのツラ下げて帰ってきた！　何年も顔を見せずに、お母さんに寂しい思いをさせて心配させて、自分はひとりで好きなことにかまけてチャラチャラしやがって！　その挙げ句になんだ、今回の騒ぎは！　うちにもテレビ局から何本も電話がかかってきたぞ。よく平気で戻って来られたものだな」

「…………っ」

父亡き後、精神的にも経済的にも母親を支え、自分のやりたいことを犠牲にして、海里を育ててくれた兄である。

そのことは心の底ではありがたいと思っているし、そのせいで未《いま》だに独身であることも申し訳ないと思っているが、こうしてことあるごとに高圧的に叱責《しっせき》されることには、海里はずっと不満を持っていた。

好きで早く父親を亡くしたわけじゃない。好きで兄に養われたわけじゃない。頼んでもいない父親代わりを勝手に演じておいて、感謝しろ、俺の期待に応《こた》えろと言われるのは、どう考えても理不尽だ。

そもそもこんなに長年実家に戻らなかったのは、ミュージカルに出演するから東京へ行くと言ったとき、一憲が大反対したことが原因だった。

役者なんて水商売だから、長く続けられる仕事ではない。だいたい、素人を半年で舞台に出すような会社がまともだとも思えない。

目先のちょっとした成功を追い求めたりしないで、地元で地道に働け。フリーターではなく、一日も早く安定した会社の正社員になれ。

今からでも遅くはない、学費は積み立ててあるのだから大学へ行ったほうがいい。

そんな大人の正論を滔々《とうとう》と並べ立て、一憲は、海里の上京を絶対に許さないと宣言した。

それで癇癪《かんしゃく》を起こした海里は、家出同然に実家を飛び出したのだ。

以来、海里は兄に電話もメールも一切しなかったし、母親が兄の話をしようとすると、素っ気なく遮って話題を変えた。

それでも、これだけミュージカルの舞台を務め上げ、全国ネットの番組で、五分とはいえコーナーを担当できるほどの存在になった自分を、兄も少しは見直してくれたのではないかと期待する気持ちがなかったと言えば嘘になる。

だが一憲は仁王立ちのまま、仁王の形相でこう言い募った。

「お母さんからお前が帰ったと聞いて仕事の合間に駆けつけてみれば、何だ、その反省の欠片《かけら》もない呑気《のんき》なツラは。嫁入り前の、前途有望な女優さんを酔い潰《つぶ》して食い物にしようとしたっていうじゃないか！　なんて見下げ果てた奴だ。俺もお母さんも、近所の人や職場の人たちに合わせる顔がないぞ」

「それは！」

海里はカッとして立ち上がった。

みぞおちが、溶けた鉄を流し込まれたように熱い。

「心配かけて悪かったと思うけど、迷惑かけただろうとも思うけど、でも違うんだよ！　俺は別に悪いことなんか」

腹を立てつつも、海里は兄と母親だけには、本当のことを打ち明けようとした。

ワイドショーはもっともらしい嘘ばかり垂れ流すものだが、素人の彼らがそれを知らず、あれこれ誤解するのは仕方ない。

だが、家族なのだから、きちんと話せばわかってくれるに違いない。

だが、そんな海里の思惑を無視して、一憲は「黙れ！」と一喝した。昔から、海里は兄の大声に弱い。恫喝《どうかつ》されると、つい竦《すく》んでしまう。

「ちょっと、一憲。落ち着いて。海里の話も……」

「聞く必要はない！」

おずおずと取りなそうとした母親をも威圧して、一憲は以前はかけていなかったレンズの小さな眼鏡を押し上げ、ツケツケと言った。

「今朝の番組で、お前は芸能界追放だと言っていた。どうせ行くあてもなくて、またここでタダ飯を食らうつもりで帰ってきたんだろうが、そうはいかんぞ。俺の忠告を聞かず、勝手に出ていった奴を、二度とここに置いてやる気はない」

「タダ飯って！　金はあるよ。俺、ちゃんと仕事してきたし！　貯金だって、少しはあるんだ。家賃ってか、生活費くらい入れられる」

「ほう、それなら、どこでも自力でやっていけるだろう。ますますここにいる必要はない」

「そっ……それは」

兄の態度には、取り付く島もない。海里の両の拳《こぶし》は、無意識のうちに固く握り締められていた。

確かに兄の言うとおりだ。ミュージカルをやっていた頃のギャラは驚くほど安かったが、テレビに出るようになって、生活は少し豊かになった。どこかに部屋を借りて、しばらく無職で暮らせる程度の蓄えはある。

それでも実家に帰ってきたのには、理由があった。世の中のすべての人たちが自分に悪印象を持ち、自分を嘲笑《ちょうしょう》しているように思える今、家族だけは、自分を信じ、守ってくれるのではないか……そんな身勝手な期待があったのだ。

ここに戻ってきさえすれば、きっと心安らかに過ごせる。そう思って必死で帰ってきたのに、これではあんまりだ。実の兄のにべもない冷淡な言葉に、海里の心はみるみるうちにしぼみ、ささくれ立っていった。

一憲は、まだ怒り足らないと言いたげに、顔を紅潮させ、荒い口調で言い募る。

「それに、お前がここにいることがバレたら、電話じゃ済まない。きっとここにも記者が来る。仕事に出ている俺はともかく、ずっと家にいるお母さんに迷惑がかかる。それは絶対に、避けなくてはいけないことだ。いいか、俺たちは今回のことで、お前の尻《しり》ぬぐいをしてやるつもりは、一切ない！」

「……よ」

「何だと？」

「もういいよ！」

怒鳴り返して、海里は足元に置いてあったバックパックを引《ひ》っ摑《つか》み、大股《おおまた》に玄関へ向かった。

『ちょっと、海里！　待って、一憲ももう少し優しく……』

『お母さんは黙っていてくれ！　いい加減、子離れしてもらわないと困る。あいつももう二十五だろう。いい大人だぞ。自分の過ちは、自分で片を付けさせるべきだ！』

そんなやり取りが聞こえたのでしばらく玄関で靴を履いた状態で待ってみたが、母親は海里を追いかけてはこなかった。

ずいぶん前に仕事を辞め、一憲に養われている立場上、彼の意向に背いてまで海里を家に泊めるつもりはないのだろう。

海里にとっては最後の希望も、無残に打ち砕かれたことになる。

(俺……兄ちゃんには愛想尽かされてるかもって思ってたけど、お母さんにも、とっくに捨てられてたんだな。兄ちゃんが駄目って言ったら、もう俺を庇《かば》ってくれないんだ)

それは確かに一憲が言うとおり、二十五歳の男の感慨としてはあまりにも幼すぎる。

だが疑心暗鬼の果てにようやくここにたどり着いた海里にとって、ただ一つ残されていた家族という砦《とりで》が脆《もろ》くも崩れ去ったショックは、あまりに大きかった。

兄は怒りすぎたと思っていないだろうか。思い直して、母親を引き留めに寄越してくれたりはしないだろうか。

なおもそんな女々しい、縋《すが》るような願いを込めて、のろのろと玄関を出て門扉に向かったが、家の中からは誰も出てこない。母親の声も、小さな物音すらも漏れてこない。

（俺……ホントにひとりぼっち、なんだ。何もかも、あっという間になくしちまったんだ）

スキャンダルで事務所を解雇されたばかりの元芸能人、現在は無職の宿無し。

それが今の海里が置かれた立場だった。

昔、一憲が言っていたことは本当だったと、さっき自分を家から追い出したときの兄の厳格な顔を、海里はしみじみと思い出していた。

役者も芸能人も、自称すれば誰でもなれる職業だ。「元」がついてしまえば、それはもう「何でもない」と同じことなのだ。

「じゃあ……俺、この六年、何やってたんだよ。俺、俺なりに必死でやってたのに。チャラチャラしてたのは、そういうキャラ要求されたからで……」

門扉の外にぽつねんと立ち尽くし、海里は俯《うつむ》いてひとりごちた。

両目の奥がジンジンと鈍く疼《うず》いて、ちょっと気を抜けば、涙が零《こぼ》れてしまいそうだった。

ここに帰りつきさえすればと、それだけを考えて行動していたので、いざ実家を追われてみると、これからどこへ行って何をすればいいのか、見当もつかない。

東京には戻れないし、以前に住んでいた横浜も、東京に近すぎる。

高校卒業以来、同級生にはほとんど連絡を取っていないので、誰が地元に残っているのかも知らず、友人も頼れない。

とはいえ、いつまでもこうしているわけにはいかない。

このあたりは閑静な住宅街だが、大きな道路の突き当たりという立地のせいもあり、車の往来はそれなりに多いし、歩行者も疎《まば》らではあるが通る。

大の男が門扉の前に延々と立っていれば異様に映るだろうし、きっとそのうち兄が仕事に戻るべく出てくるだろう。そのとき、半べそを掻《か》いた顔を見られた挙げ句、もう一度追い払われるのはゴメンだ。

(とにかく……一度、駅の近くに戻ろう。どっか店にでも入って、これからのことを考えるしかないだろ)

狼狽《うろた》える自分を心の中で叱りつけ、海里は踵《きびす》を返した。そして、さっきまでとは違う意味で重い足を引きずり、来た道をのろのろ戻っていった。


それから七時間後、すなわち午後九時過ぎ、海里は、嵐のような暴力に晒《さら》されていた。

相手はひとりではない。たぶん、五、六人はいるだろう。

誰かは知らない。コンビニの前でヤンキー座りを決めていた、たぶんまだ十代の少年グループだ。少年といっても、皆、海里よりずっと大柄で、派手な変形学ランを着込んでいる。

コンビニの入り口すぐ前の歩道で彼らに難癖をつけられ、取り囲まれ、さっきからずっと殴られたり蹴《け》られたりしている。両手で頭と顔を庇うのが精いっぱいで、もう、全身どこが痛いのかすらわからない。ただ、身体じゅうが熱い。

誰か助けてくれればいいのに、店に出入りする客も、コンビニの店員も、皆、見て見ぬふりだ。

「んぐっ……おぇ」

アスファルトの上に転がりダンゴムシのように身体を丸め、それでも腹に食い込む革靴のつま先に胃を抉《えぐ》られて、海里は反射的に嘔吐《おうと》した。

うわっ、汚《きたね》え、と口々に怒声を上げ、彼らはいっそう激しく蹴りつけてくる。

（なんで……こんなことになったんだっけ）

朦朧《もうろう》とし始めた意識の片隅で、海里はぼんやりと思いを巡らせた。

人生の終わりには、これまでのことが走馬燈《そうまとう》のように脳裏に浮かぶというが、彼の頭を過《よぎ》っているのは、ここ半日の出来事だった。

実家を追い出されたあと、駅前のスターバックスはさすがに避けたほうがいいような気がして、海里は駅から少し離れた、昔ながらの喫茶店に入った。

木造のシックな内装はいかにも大人のための店といった趣で、海里は場違い感満点だったが、客はほんの数人、しかも自分のことなど知らなそうな年配の人々ばかりだったので、彼はひとまずホッと一息つくことができた。

そこで、凝ったカップで出されるコーヒーを、味などわからないまま三杯ほどお代わりして、外が暗くなるまで居座り、海里は電車で二駅の隣町、芦屋《あしや》市へと向かった。

これといって行く先もやりたいこともなかったので、これまで行ったことがないが、東京でもやたら「関西でいちばんの高級住宅街」と言われる芦屋市を見てやろうと考えたのだ。

東京では、高級住宅街であればあるほど、芸能人が歩いていても、そっと見て見ぬ振りをしてくれる傾向がある。関西でも同様ではないかという思惑もあった。

実際、暗くなったせいもあるが、街中をぶらついている間も、それから適当に見繕って入った阪神《はんしん》電車芦屋《あしや》駅前の居酒屋の主人も店員も、海里の正体に気付く様子はなかった。

書店の上にあり、地鶏専門と看板に書いているくせに、何故か魚メニューが充実しているちょっと奇妙な居酒屋で、大いにヤケ酒とヤケ食いをし、やたら上機嫌で店を出たのは覚えている。

酔いで濁った意識の中で、確かJR芦屋駅前に小さなホテルがあったと思い出し、今夜はそこに泊まろうとフラフラ歩き出したことも、覚えている。

その途中、喉《のど》が渇き、水でも買うかと通り掛かったコンビニに立ち寄ろうとして、入り口の脇でしゃがみ込んでいた少年のひとりに気付かず、うっかり蹴飛ばしてしまったのだ。

酔っていたせいで自分の失態を自覚できず、海里は謝りもしないで、ただぼんやりと少年を見下ろした。

少年がそんな海里の態度に腹を立てたのは、無理からぬことだ。

たちまち海里を取り巻いた少年と仲間たちに口々に罵られても、そのときの海里には、彼らの声はただの騒音にしか聞こえなかった。

ただポカンとしている海里の間抜け面を、少年たちは「自分たちを馬鹿にしている」と感じたのだろう。罵倒《ばとう》が暴行へと発展するまでには、一分もかからなかった。

(ああ、そっか。それでこうなったんだっけ……)

とうとう仰向《あおむ》けにされ、本能的に顔面を守ろうとする腕の上から、ガシガシといくつもの足に踏みつけられる。

最初のほうこそ手足を振り回して暴れてみたが、多勢に無勢だ。もう抵抗らしい抵抗もできず、海里は死を予感した。

ただ、恐怖の度合いでいえば、今朝の夢のほうがずっと怖かった。

今は、酔いのせいか痛みもそれほど感じないし、どうにでもなれというやけっぱちな気持ちしか、海里の心にはない。

(東京で事務所をクビになった翌日の夜に、高級住宅街の芦屋で野垂れ死にか。また、

週刊誌もワイドショーも大喜びだな。この店にも、取材が来るんだろうな）

そんな自虐的な考えが過《よぎ》り、絶体絶命な状況なのに、つい頬が緩む。

それを挑発と受け取ったのだろう。少年たちはますますいきり立ち、「刺したろか！」「殺したる！」などと物騒なことを叫び始めた。

これはいよいよ本当に、人生の終わりらしい。

でも、べつに構わない。

もう何もかもなくしてしまったのだから、この上、命を失ったところでどうということはない。

諦《あきら》めの心境で、海里が顔を庇《かば》う腕から力を抜いてしまおうとしたそのとき、頭の上から、やけにのんびりした野太い男の声が降ってきた。

「おいおい兄ちゃんたち、そのへんにしときや。よってたかって、そんなひょろい奴ひとり殺して前科ついても、かっこ悪いし、しょーもないやろ。男の勲章にはなれへんで」

（……え……？）

少年たちは、新たな標的の登場かと、無抵抗の面白くなくなった獲物を放り出す。突然、雨嵐のように降り注いでいた殴打がぱたりと止んで、海里はゆるゆると腕をどけた。

首を巡らせると、海里の近くに、大柄な男が立っていた。身長は百八十センチ以上あるだろう。兄の一憲よりさらに長身で、決してマッチョではないが、妙な迫力のある骨太な身体付きをしている。擦り切れたジーンズとTシャツという軽装の男の大きな足は、サンダル履きだった。

「おい、何やねんオッサン！」

「お前も殺されたいんか！」

いかにもケンカ慣れした少年たちに凄《すご》まれても、男は一向に恐れる様子もなく、「殺されとうはあれへんな」と笑った。

コンビニから漏れる光に照らされる男の顔は、三十代後半くらいだろうか。硬そうなザンバラ髪を、バンダナでぐるりとまとめている。男は柔和に笑っていたが、その切れ長の目には強い力が宿っていた。

「せやけど、殺す気もあれへん。俺が両手をポケットに入れとる間に、消えたほうがええと思うで？　左手出したら半殺し、右手出したら……さあ、どないしょ。仲良う芦屋川にでも浮いてもらおか。この時期、浮くほど水はあれへんかもしれんけど」

やんわりした言葉遣いだが、腹の底にビシビシ響くような不思議な圧力のある声に、少年たちは明らかにたじろいだ。

「ほれ。左手……出すで？　ええんか？」

そう言いながら、男は半歩、すり足で前に出る。途端に、少年たちのひとりが弾《はじ》かれたように走り出した。それにつられて、仲間たちも口々に二人を罵《のの》しりながら駆け去って行く。

（……ああ……行っちまった）

地面にダラリと腕を伸ばし、海里はぼんやりと少年たちの遠くなっていく靴音を聞いていた。

むしろ死に損ねたという落胆が、胸に満ちてゆく。

そんな海里の気持ちなど知る由もなく、男はゆっくりと海里に歩み寄り、彼の前にしゃがみ込んだ。

「おい、兄ちゃん。生きとるか？　救急車呼ぶか？」

「いらない」

血に染まった唇を小さく動かし、海里は切れ切れの掠《かす》れ声で断った。

病院に担ぎ込まれて、素性がばれでもしたら、これまたスキャンダルの上塗りだ。元マネージャーの美和の憤《ふん》怒《ぬ》の表情が、目に浮かぶようだった。

男は、苦笑いで眉《まゆ》をひそめる。

「せやけど、えらい怪我やで？　まあ、見た目ほど酷《ひど》くはないやろけど、血だらけや。ほな、立てるか？」

そう言いながら、男は太い腕を海里の背中に回し、ぐいと抱き起こす。

決して乱暴な扱いではなかったが、身体中、傷ついていないところがない状態の海里は、今頃になって感じられるようになった苦痛に呻《うめ》く。

それでも男の腕を借りてどうにか立ち上がると、男は満足げに頷《うなず》いた。

「立てるし、俺の腕摑《つか》めるし、手足の骨は折れてへんな。アバラはわからんけど、息ができとったら当座は大丈夫や。ほな、肩貸したるから行こか」

「……どこ、へ？」

問いかけた海里に、男はニッと笑って答えた。

「俺の店。何や知らんけど、病院は具合悪いんやろ？」

「う……うう、うん」

「ホンマはチョコレート食いとうなって買いに来てんけど、そんな気分やのうなった。お前をどないかすんのが先や。店行こ」

「み、せ？」

「ええから。今はとにかく歩け。ゆっくりでええから。それとも、抱えていくか？」

この男なら本当に、海里など楽々と担いで歩けるだろう。それはあまりにも同性として屈辱的だ。

「ある、ける」

生まれたての子鹿のようにヨロヨロしているのに意地を張る海里に、男はますます可笑《お》笑《か》しそうに笑いながら、「よっしゃ」と言った。

「片意地張りは嫌いやない。行くで」

少し身長差があるので、猫背気味になりながら、男は海里に肩を貸してくれる。

息をするたび胸が痛み、蹴られた腹がムカムカした。吐く息も、渇いた口の中にかろうじて湧いてくる唾《つば》も、金臭い血の味がする。

「休みとうなったら言えや」

そう言って、思ったよりずっと海里の具合を気遣いながら歩いてくれる男に感謝しつつ、相手の正体すらわからないまま、海里は気力を振り絞って歩き続けた。

すぐそこや、と男は言ったが、ゆっくりとはいえ、二十分近く歩いたのではないだろうか。

天上川と同じく、芦屋市の西端を南北に流れる芦屋川沿いにしばらく下り、男がようやく足を止めたときには、海里は息絶え絶えになっていた。

「ここや。俺の店」

そう言って、男が誇らしげに指さしたのは、「ザ・昭和」としか言い様のない二階建ての小さな家だった。屋根はおそらく瓦葺《かわらぶ》きで、道路に面した曇りガラスの引き戸には、「ただいま買い出し中」という木札が掛かっている。

「ちょ……こんなヘンテコな場所で、何の店、やってんの？」

ぜいぜいと息を乱しながら、海里は訊《たず》ねた。失礼な質問ではあるが、この場合は無理もない。

なにしろ、店の入り口に向かって左側には絵に描いたような教会が、そして右側には、まさかの警察署があるのだ。

人の罪を許す神の家と、罪人を捕らえる法の番人が詰める場所。

あまりにも対照的な建物に挟まれた、この古ぼけたちっぽけな店は、いったい何なのか。

　そんな海里の素朴な疑問に、男はあっさり答えた。

「定食屋」

「えっ？」

「まあ、だいたい日没から日の出までやってる。冬は日の出が遅いから、始発が目安かな」

「は……はあ」

「ま、入りいや。客はいてへんから、遠慮せんでええよ」

　そう言って鍵《かぎ》を開け、男は引き戸を開けた。そして、海里の背中を抱くようにして、店の中へ連れ込む。

　確かに、引き戸の向こうは、飲食店の体裁だった。

　六人くらい座れるカウンターと、四人がけのテーブル席が三つだけの、小さな店だ。カウンターの中が、キッチンになっているのだろう。

「二階で寝かしてやりたいけど、今は階段上がるの大変やろ。ちっとここで休憩し」

　そう言いながら、男はテーブル席の椅子を二つ並べ、そこに海里を足を伸ばして座らせた。

　壁に背中を預け、両脚をダラリと椅子に投げ出し、海里はようやく息をついた。

「くそっ、あのまま……死ねると思ったのに」

溜《た》め息《いき》と一緒に、そんな言葉が勝手にこぼれ落ちる。

カウンターに入って、グラスに水道水を満たしていた男は、ありがとうの一言も言わない海里に腹を立てた様子もなく、「へえ」と感心した様子で相づちを打った。

海里はムッとして、だらしない姿勢のままで男を睨《にら》む。

「嘘じゃねえし。死んじゃっても、つか、死んだほうがたぶんよかったんだし」

「そうか。ほな、要らんこととしたな。ま、覆水盆に返らずや。今回は諦《あきら》めて生きとき」

ニヤニヤ笑いながらそんなことを言う男のやや面長な顎《あご》には、ごく疎《まば》らな短い無精髭《ぶしょうひげ》が生えている。

「ほい、とりあえず水。お前、名前は?」

カウンターから出て海里の前にやってきた男は、グラスを差し出しながらそう訊ねてきた。

少し躊躇《ちゅうちょ》したものの、グラスを受け取り、水を一息に飲み干してから、海里はやむを得ず答えた。

「五十嵐」

「五十嵐、何や?」

「海里。二百海里の海里」

すると男は、顎に手を当て、軽く首を捻《ひね》った。

「五十嵐海里、か。ええ名前やけど、どっかで聞いたような気もすんな」

海里はギクリとしたが、男はそれ以上考える様子もなく、カラリと笑った。

「俺は、夏神留二や。夏の神さんに、二つ留めると書いて、なつがみりゅうじ。お前に負けず劣らず、ええ名前やろ？」

「なつがみ……さん」

「せや。ほんで、この店は『ばんめし屋』。捻らん、まっすぐでええ名前やろ」

自慢げにそう言った男……夏神は、左手に持ったままだった熱々のおしぼりを海里に手渡した。

「汚れてもかめへんから、顔だけでも拭《ふ》いとけ。ちょっとは気分がスッキリするやろ。救急箱を上から取ってくるし、ちょー、待っとけや」

そう言うと、夏神はカウンターの脇にある幅の狭い急な階段を、とんとんと上っていく。

店には、海里だけが残された……と思っていたのだが。

「!?」

何の気なしに店内を見回した海里は息を呑《の》んだ。

客はいないと夏神は断言していたのに、カウンターの端っこ、ちょうど直角に折れて一人分だけある席に、海里と同じくらいの年頃の青年が、ぽつねんと座っていたのである。

店に入ってきたとき、彼の横を真っ先に通り過ぎたはずなのに、海里はまったく気付かなかった。青年のほうも、突然入ってきた血まみれの海里に、驚きの声すら上げなかったようだ。

今も、青年が海里に注意を払う気配はない。ただ、じっと俯《うつむ》いて目を伏せているだけだ。

(な……なんだ、あの人。つか、夏神さん、さっき、鍵開けてたよな？　あの人、夏神さんに気付いてもらえなくて、店に閉じこめられてたってことじゃないのか？　いやいや、まずいだろ、それ。なんか凄《すご》くしょげてるみたいに見えるけど、実はすっげー怒ってんじゃないの？)

人ごとながら、気のいい海里はつい焦ってしまい、自分の怪我のことなど忘れて、

「夏神さーん！」と思わず二階に向かって大声を張り上げた……。

二章　どこへも行けない

「何やお前、ひとりでおられへんガキか。狭い家ん中で、でっかい声出しやがって」

海里のただならぬ呼び声に、救急箱を抱えた夏神は、呆《あき》れ顔《がお》で階段を下りてきた。

「だ、だって！　ちょっと来てって」

水を飲んだおかげで、さっきよりずっとスムーズに声が出る。夏神は訝《いぶか》しげにしつつも、海里の手招きに応じて近寄ってきた。

「何や？　どないした」

のんびりした夏神の顔を呆れ顔で睨み、海里はヒソヒソ声で言った。

「どうもこうも、あんたの目は節穴かよ。お客さん、いるじゃん」

「う？」

「あそこ！」

青年がぽつねんと座っている席を、海里は囁《ささや》きながら小さく指さした。すると夏神はそちらを見やり、すぐに海里に視線を戻す。

「へえ」

その、いかにも意外そうな声音と表情に、海里は戸惑って眉《まゆ》をひそめた。

「な、何だよ」

「いや……。まあええわ。何ちゅうか、あの人は客やないねん」

「へ?」

「ただ、あそこに座っとるだけや。気にする必要はあれへん」

「えっ? な、何だよそれ。座ってるだけ? 客でもないのに?」

夏神の言葉の意味がわからず、海里はキョトンとしてしまう。夏神は、よく見ればなかなかに端整な顔をクシャッとさせて困り気味の笑顔を見せ、海里の頭をポンと叩《たた》いた。

「ま、そういうこっちゃ。そっとしといたって。ええから、まずはお前や。傷だらけやし、手当せんとな。はよ、顔拭け」

「う、うん」

おしぼりを袋から出しながら、海里は青年を見た。

いくら声をひそめていても、音楽はかかっていないし、狭い店の中だ。彼らが自分の話をしていることくらいは容易に気づけるはずなのに、青年は無表情で俯いたまま微動だにしない。

(何だろ。近所のちょっと危ない人なのかな。座ってるだけで別に害はないから、そのまま放ってあるとか……?)

何にせよ、本人を目の前にして、彼の素性をこれ以上夏神に訊《たず》ねるのはどうにも気まずい。仕方なく、海里は血まみれの顔を温《ぬる》くなったおしぼりで拭《ぬぐ》い、命じられるまま、痛みに呻《うめ》きながら、あちこち破れた埃《ほこり》まみれのＴシャツを脱ぎ捨てた……。

とりあえずの応急処置を終えたのは、午後十一時頃だった。「ただいま買い出し中」の札を引っ繰り返して「営業中」にするなり、店にはぽつりぽつりと客が入り始める。

出ていけと言われるかと海里はビクビクしていたが、夏神は無造作に「ゆっくり休んどき」と言うと、自分は接客と調理をひとりでこなし始めた。

しかし日付が変わる少し前、近くで工事をしているらしき作業服姿の男たちが、一気に六人連れ立って入って来た。

椅子に座ってじっと身体を休めていた海里も、さすがにぼんやり見ているだけでは気が引けて、のっそりカウンターの中に入った。

「オッサ……違った、夏神さん、俺、手伝うわ」

声を掛けると、薄切りにした豚肉に調味料を振りかけながら、夏神は笑顔で言った。

「ええよ。それより動けるようになったんやったら、上行ってごろ寝しとけ。あっちこっち痛いやろ」

確かに全身いたるところが熱を持って疼《うず》いていたが、じっとしていると余計に痛みが気になる。少し動きたい気もして、海里はわざと元気そうな声を出した。

「や、もう全然大丈夫だし」

海里の痩《や》せ我慢《がまん》は百も承知なのだろうが、夏神はニッと笑って「そうか」と顎《あご》をしゃくった。

「ほな、客席回って、水を注ぎ足したって。さっき来たお客さんら、喉渇《のど》いとるみたいやし」

「ん、わかった」

頷《うなず》いてから、海里はふと、くだんの青年を見て夏神に囁いた。

「なあ、せめて水くらいは置いてやってもいいんだろ、あいつにも」

夏神は、意外そうに太い眉を上げる。

「えらい気になるんやな」

「まあ……つか、普通に気になるだろ、人形みたいに固まってんだもん」

「それもそうか。ええよ、置いたって」

「おっけ。……いたた」

氷水を満たしたピッチャーを何の気なしに持ち上げようとすると、さっき手酷《てひど》く踏みつけられた右腕が痛んだ。あるいは、筋を傷めてしまったのかもしれない。

用心して両手でピッチャーを持ち直すと、海里は客たちのグラスに水を注いで回った。

若い客もいたので、もしや自分の顔を知っているのではないかと内心ドキドキしていたが、皆、それぞれの話に花を咲かせていて、海里のほうを見ようともしない。

ホッとしつつ、海里は最後に新しいグラスを取って水を注ぎ、それをカウンターの隅っこに座り続ける青年の前に置いた。

「何だかよくわかんないけど、水くらい飲んだら？」

そう声を掛けると、青年はゆっくりと顔を上げた。

繊細そうな、いかにも文学青年といった地味な顔だが、その目はうつろで、どこかとろんとしている。瞳《ひとみ》は確かに海里のほうを向いているのに、海里の顔には焦点が今ひとつ合っていない感じだ。

「ご……ごゆっくり、みたいなことで」

一言も喋《しゃべ》らない青年にぼんやり見られているのがどうにも居心地悪くて、海里は青年の前をそそくさと離れ、ピッチャーを置いて夏神の横に立った。

「なあ、あいつ、俺のこと見たけど何のリアクションもないし。ありがとうくらい言っても、バチ当たらないと思うんだけど」

少し不平じみた耳打ちをすると、油を引いた大きなフライパンに豚肉を一面に並べ、景気の良い音を立てて焼いていた夏神は、明らかに驚いた顔をした。青年のほうを見てから、海里に向き直る。

「お前を見た？　あいつが？　気のせいちゃうんか」

「見たよ！　何かこう、寝起きみたいにぼんやりとはしてたし、喋りもしなかったけど、絶対、俺の顔見てた！　ほら……あ、もう俯《うつむ》いちゃってるや」

「へえ……お前の顔をなあ。あ、あかん。よそ見しとった」

夏神はいかにも意外そうに首を捻《ひね》りながら、鮮やかな手並みで菜箸《さいばし》を使い、肉をくるくると引っ繰り返していく。パチパチと油が爆《は》ぜ、肉が焼ける芳《こう》ばしい匂いに、海里は思わず鼻をひくつかせた。

「あー、すっげいいい匂い。ここしばらく肉なんか焼いてなかったから、忘れてたわこの感じ」

「なんやお前、腹減っとんのか？」

問われて、海里は小さく肩を竦《すく》める。

「晩飯食ったけど、さっきボコられて全部吐いちまった。けど、腹を蹴《け》られたせいか、空腹って感じはしねえな。ただ、懐かしいって思って」

「料理がか？」

「ちょっと前まで、毎日料理してたから」

「ふうん？」

いかにも半信半疑に相づちを打たれて、海里は不満げに口を尖《とが》らせた。

「マジだって！　何なら料理も手伝ってやるよ。何すりゃいい？」

「ホンマにできるんか？」

夏神は辺りを見回し、「ほんだら……」と考えながら言った。

「高野豆腐、煮といてくれへんか？　付け合わせの小鉢、今は切り干し大根やけど、そろそろ切れるから。次は高野豆腐の焚《た》いたんにしよかと思うねん」

そう言われて、海里はギョッとした顔になった。

「こ……こうや、どうふ？」

夏神はフライパンの端っこを空け、そこでタマネギの薄切りを肉と共に炒《いた》めながら頷く。

「おう。調理台の上に、モノは出してあるから。そこに並んどる調味料を好きに使《つこ》うてくれたらええわ」

「あ、い、いや、その……えっ？　何、このブロックみたいなのが高野豆腐？　マジで？　すっげカチカチじゃん」

夏神に言われて調理台のほうへ行った海里は、透明の袋にパッキングされた高野豆腐を手に取り、ビックリ顔でしげしげと眺めた。夏神は、そんな海里の様子に苦笑いする。

「何や、料理できるん違うかったんか？」

「い、いやさ。ちょっと高野豆腐だけは、使ったことがなかったかな～、なんて」

「ほな、もっぺん切り干し大根でもええで？　下の戸棚に乾物は全部入っとるし、冷蔵庫に揚げもチクワもあるから、好きなほう使うてくれたらええ」

「きりぼし……だいこん……。何、大根を切って干してあんの？　何でわざわざ干すの？」

「……おいおい。使うたことがあれへんのは、高野豆腐だけと違ったんか」

海里のほうを見ずに、けれど呆《あき》れていることが明らかな声音で、夏神は突っ込みを入れて来る。海里は気まずさに軽く逆ギレして言い返した。

「和食はあんま得意じゃねえんだって！　俺、もっと洒落《しゃれ》た料理が得意だからさ」

「洒落た料理？　たとえばどんなんやねん、それ」

「メインなら、アクアパッツァとか」

「……なんじゃそら」

「こう、魚と貝をオリーブオイルと水でじゃんじゃーんって……。あっ、そう、俺、パスタなら超得意！　ペペロンチーノなんか、超有名シェフに直接教わったんだぜ！　あと、アマトリチャーナとか……」

「そうかそうか。そら凄《すご》い。せやけど、うちで必要なんいうたら、ナポリタンと、定食につけるケチャップスパゲティくらいやなあ」

のんびりした笑い交じりの口調でそう言い、夏神は実に無造作に調味料を次々フライパンに注いだ。ジューッという小気味良い音と共に、それが生姜《しょうが》焼きであることが誰にでもわかる、独特の刺激的な匂いが辺りに漂う。

「うう……な、何かないのかよ、他に！　俺にできそうなこと！」

「ほな、ハム切って。冷蔵庫に入っとる。お客さん六人やから、三枚出して半分ずつ。あと、キャベツの千切りと生野菜も出してんか」

「う……わ、わかった」

そんな簡単な作業、馬鹿にするなと言いたいところだが、立て続けに役立たずぶりを露呈してしまった以上、異議は唱えにくい。

海里はスゴスゴと、家庭用の冷蔵庫を開けた。目線の高さの実にわかりやすい場所に、大きなボウルに山盛りのキャベツ千切りと、パックのままのボンレスハム、それにステンレス容器に綺麗《きれい》に詰め込まれた、くし切りのトマトと斜めにスライスした胡瓜《きゅうり》があった。

どうやら夏神は、たったひとりで店を切り盛りしているようだ。

その分、調理を手早く行うために、念入りに下ごしらえをしているのだろう。冷蔵庫には、他にも様々な大きさのステンレス容器や樹脂製の密封容器が整然と並んでいる。

「棚から、でっかい白い皿六枚出して、キャベツ千切りたっぷり一掴《ひとつか》みとトマト一切れ、胡瓜三枚、ハム半分、芸術的に盛りつけたって」

「ちぇっ、超馬鹿にしただろ、今！」

毒づきながらも、海里は綺麗に手を洗い、夏神の指示どおりに野菜を盛りつけ、ペラリとした頼りないハムの置き所に悩みながらも、どうにか盛りつけを済ませた。

「おっ、さすがお洒落料理専門家、なかなかシャレオツな盛りつけやないか」

フライパン片手にやってきた夏神は、そう言って相好を崩すと、六枚の皿に生姜焼きを気前よく盛り分けた。

綺麗に焼き色のついた豚肉と、タレが浸みて飴色《あめいろ》になったタマネギが、何とも食欲をそそる出来映えだ。

「よっしゃ、手ぇ、大丈夫やったら運んでくれや」

「これくらいなら平気だって」

余裕たっぷりを装って請け合い、しかし慎重に片手に一枚ずつ皿を持って、海里は客席とカウンターの間を三往復した。その間に、夏神が味噌汁《みそしる》とご飯を人数分よそい、カウンターにズラリと並べる。

「うめえ！」

「滅茶苦茶《めちゃくちゃ》飯が進むわ」

男たちは海里のトレイからご飯の茶碗《ちゃわん》を引ったくるようにして受け取り、肉とタマネギを白いご飯に載せてガツガツとかきこむ。

カウンターの中に戻って、彼らの旺盛《おうせい》な食欲を見守り、「旨《うま》い」という素直な賛辞を聞いていると、海里は胸がギュッと苦しくなるのを感じた。

自分が作った料理ではないにせよ、目の前で誰かが美味《おい》しそうに料理を平らげているのを見ると、かつて収録スタジオで、自分が作ってみせた料理を他の出演者たちが笑顔で食べてくれていたのを思い出したのだ。

彼らのいかにも大袈裟《おおげさ》な「おーいしーい！」やら「んーっ！」やらいうリアクションを、番組に出演していた頃は素直に喜んでいたものだが、今思えば、あれはただの演技だったのかもしれない。

それでも、あの場所が恋しかった。

いつしかテレビ番組に出演することも、そこで料理することも、当たり前のように思っていた。けれど、こんなに呆気《あっけ》なくすべてを失ってみると、今はただひたすら、何もかもが懐かしく、切ない。

食事をする客たちを複雑な面持ちで見ている海里の、そんな気持ちを知ってか知らずか、夏神は鷹揚《おうよう》な笑顔で掠《かす》れた口笛を吹きながら、フライパンを洗いにかかった……。

午前三時を過ぎ、客足が途絶えると、夏神は「よっしゃ、休憩」と言い、カウンターの隅に置いてあった低いスツールを出して腰を下ろした。

エプロンのポケットを探って煙草でも出すのかと海里が見ていると、夏神は棒付きの丸いキャンデーを取り出し、パクリとくわえた。

むさ苦しい大人の男にキャンデーという取り合わせが可笑《おか》しくて、海里は思わず噴き出す。

「何だよ、ハードボイルド気取ってんのかと思ったら、飴《あめ》って！」

「禁煙中やねん。口が寂しいときは、これで凌《しの》がんとしゃーないやろ」

「太りそう。キシリトールガムか何かにしときなよ。シュガーレスの奴」

「余計なお世話やっちゅうねん。俺はガキの頃から、この飴が好きなんや。ええから、お前も座れ。あんだけボコられてんから、へこたれとるやろ。それやのに、よう手伝《てつど》うてくれたな。ありがとうさん」

夏神は飴をくわえたまま、やや不明瞭《めいりよう》な口調で礼を言う。海里ももう一つのスツールを夏神の傍に引きずってきて腰を下ろし、照れ笑いで頭を掻《か》いた。

「ありがとうって言わなきゃいけねえのは俺だろ。……さっき、ごめん。どう考えても滅茶苦茶ヤバイとこ助けてもらったのに、ちゃんとお礼言わずに、八つ当たりした」

「おっ、えらい素直になりよったな。どないしてん。ちょっとは気ぃ落ち着いたんか?」

そう問われて、海里は正直に頷《うなず》く。

「ん……酒が入ったせいもあって、ちょっとやけっぱちになりすぎてた。店、手伝ってるうちに、酔いが醒《さ》めてきたよ」

「そらよかった。水でもお茶でも、好きなもん飲め。何か食いたいんやったら、作ったろか?」

「や、さすがにそれはいい。でも、水もらうわ」

そう言うと、海里は立ち上がり、グラスにピッチャーの水を注いで戻ってきた。一度座ったせいで、たった数歩の移動がやけに気怠《けだる》い。やはり、全身にかなりダメージを受けている様子だ。

グラスになみなみと満たした水を一息に飲み干し、海里はふーっと息を吐いた。

「仕事の後のビール飲んだみたいな反応やな」

口の中で飴を転がしながら、夏神は面白そうに笑う。

「心情的には、そんな感じ。俺、ビールは飲めないけどね」

きた。
「何や、酒はあかんのか？」
「じゃなくて、飲めるけどビールは苦いからちょっと苦手。発泡酒はギリいける」
「見てくれも、酒の好みも今どきやなあ」
そう言って可笑しそうに笑う夏神の顔を、海里はようやくじっくり観察することがで
きた。
芸能人を日常的に見ていた海里にとって、夏神は決して際だった美男ではない。
だが、骨太の体軀《たいく》はなまじのスポーツマンよりバランスよく鍛え上げられているよう
だった。引き締まった胸筋がＴシャツの上からでも見てとれたし、袖《そで》から覗《のぞ》く二の腕は、
フライパンを振るだけでは勿体《もったい》ないほどたくましい。
浅黒い顔も、目や口の造作が大きく、笑うと人懐っこいシワが目尻《めじり》に寄る。鼻筋がほ
んの少しだけ曲がっているのは、過去に鼻骨を骨折したせいかもしれない。
「何や？　俺の顔はそないに魅力的か？」
ニカッと笑って、夏神は海里の顔を覗き込む。海里は絆創膏《ばんそうこう》だらけの両手を夏神に向
け、軽くのけぞってみせた。
「そういう趣味ねえし！　ただ夏神さん、何かスポーツやってんのかなって思って。え
らく鍛えてるっぽいじゃん」
それを聞いて、夏神は何故かほろ苦く笑って簡潔に答えた。
「昔な。大学時代、山、やっとった」

海里は目をパチクリさせた。

「山って、スキー？　登山？　ロッククライミング？」

「登山や。もうやめて久しいけどな。今は川沿い走るとか、休みの日にちょい筋トレやらボルダリングやらをする程度や」

「ああ、やっぱ鍛えてる系だ。料理にも筋肉要るもんな。俺も料理するようになって、二の腕がちょっとだけ太くなった」

海里がそう言い、夏神に比べればずっと細い二の腕にささやかな力こぶを作ってみせると、夏神は飴の棒を数回上下させてからこう言った。

「お前、ホンマに料理したことあるっぽいな。最初は高野豆腐も切り干し大根も知らんで何を出任せ言うてるねんと思うたけど、野菜の盛りつけやら、飯の盛り方やら見てるとわかる。それなりに料理は齧《かじ》っとるわ」

「そりゃ、一応二年間、料理をメインの仕事にしてたからさ」

「ふうん。料理人なんか、お前」

「や、そこまでは。それよりさあ、夏神さん」

海里は話題をさりげなく変えるべく夏神に顔を寄せ、ごくごく小さな声で囁《ささや》く。

「あいつ、いつまでいんの？　トイレにも行かずに延々座ってるけど、大丈夫かよ」

「あいつ？」

「あいつだって！　あんたが客じゃないって言ってた、あのぼーっとした兄ちゃん」

そう言いながら首を巡らせ、くだんの青年が座っていた席に目を向けた海里は、「うわあっ」と叫んでそのままスツールごとひっくり返った。タイル敷きの床にしたたかに尻《しり》を打ち付けたが、痛みを感じる余裕などない。

青年は、いつの間にか姿を消していた。

「おいおい、大丈夫か」

夏神は苦笑いで立ち上がると、海里を助け起こし、スツールを立てる。夏神の手を借りてヨロリと立ち上がった海里は、震える手で青年が座っていたあたりを指さした。

「や、だって……おかしいだろ？　一分前、いや三十秒前には、そこに座ってたって！　俺、確かに見たもん。いたよ！　いくら出入り口が近いからって、扉を開ける音くらい、喋《しゃべ》ってても聞こえるっつーの！」

「あーあー、まあ落ち着け。座れ。別にお前を疑ってるわけやあれへん」

困り顔でそう言うと、夏神は口の中で飴をバリバリ嚙《か》み砕きながら、海里の両肩に手を置き、無理矢理スツールに座らせた。

そして見事なコントロールでダストビンに飴の棒を放り込むと、夏神は海里に向かい合うように座り直し、こう切り出した。

「気にすんな、いっつもああやねん」

「いっつもって何だよ!?　意味わかんねえし」

「あー、ええと。アレや。お前の言葉を借りて訊《き》くと、お前、怪談は平気系か？」

意外な質問に、海里は思いきり整った顔をしかめる。

「かいだん……って、上るほうじゃなくて？」

「ゴーストストーリーのほうや」

「ま……まあ、そこそこ平気だけど」

まったく平気でない顔で、それでも真実が知りたいばかりに海里は虚勢を張る。夏神は少し逡巡《しゅんじゅん》したが、「ほな言うけどな」と前置きして、海里がまさか……とうすうす気付きつつあっても、そうだと思いたくない一言をはっきり口にした。

「あれな、幽霊や」

「……マジで？」

「マジで」

夏神は大真面目な顔で頷く。海里は、さらに念を押した。

「俺を怖がらせて遊ぼうとか、そういうのはナシの方向で、幽霊？」

夏神はさらに深く頷く。

「お前を怖がらせて何が楽しいねん、アホ」

「じゃあ……マジなんだ。幽霊。なるほど、確かに生気なかったわ」

海里は呆然《ぼうぜん》として呟《つぶや》く。あまりにもあっけらかんと告げられたので、恐怖心は不思議と湧いてこなかった。

むしろ、幽霊と聞いて、色々と腑《ふ》に落ちた気すらする。

最初、青年がいるのに気付かなかったのも、何だか妙にぼんやりした表情をしていたことも、一言も喋らずじまいだったことも、動いたのはただ一度、海里の顔を見たときだけだったことも、せっかく出してやった水に手をつけなかったことも、彼がもはや生きていないのなら無理もない、という気がする。

「さっき、おらんようになったのに気付いたときのほうが、千倍ビビっとったな、お前」

夏神は不可解そうに腕組みして海里を見ている。海里は、うーんと唸《うな》って首を傾げた。

「や、何か恐がり損ねたっつーか、納得したっつーか。俺、そういう話は基本的に好きじゃないんだけどさ、そのわりに昔からちょっと見えるほうみたいなんだよね」

「見える？　幽霊がか？」

海里は曖昧《あいまい》に頷き、指先で茶色く染めた髪を弄《いじ》る。

「いつも見えるわけじゃないけど、いるっぽい場所ではゾクッとしたりとか、気配を感じたりとかさ。霊感鋭いのかも」

「ふうん。俺はこれまでの人生で、霊感あるなんて思うたことなかったんやけどな。三年前にこの店開いてから、ちょいちょいあるんや、ああいうことが」

「マジかよ。そもそも、何で幽霊だってわかったんだ？」

夏神は、さっき青年が座っていた席を振り返って見やり、ニヤッと笑って答えた。

「最初は勿論《もちろん》、客やと思うたよ。せやけど、ああやろ？　いつの間にか店に入ってきて、だまーってどっかの席に座っとるだけや。ほんで、お前は見損ねたみたいやけど、すうっと消えるねん」

「ひ……ひい……。それ、他のお客さんには見えたりしねえの？」

「んー、これまで二人だけ、見えたっぽい客はおったな。注文せんと、気持ち悪そうな顔でそおっと出ていった人と、急いで食い終わってそそくさとそっち見ながら帰っていった人がおった」

「じゃあ、それ以外の人は……」

「気付いてへんみたいやな。それでも、なーんとなく幽霊が座っとる席は無意識に避けることが多いみたいや。いっぺんだけ、幽霊の上から重なってお客さんが座っとって、俺もリアクションに困ったことがある」

「わー……そのまま平気で飯食って帰ったんだ、その人？」

「幽霊も何もないみたいに座っとるし、お客さんも普通に飯食うてはるし、食い終わったら幽霊と重なったまま新聞読み始めてなあ……。思わずガン見してもうたわ」

　相当に不気味な話のはずなのだが、夏神の口調があまりにものんびりしているので、海里もすっかり恐がり損ねてしまい、むしろ面白そうに身を乗り出した。

「なるほどなあ……。何でそんなことになるんだろ。ここ、昔の戦場とか、処刑場跡地とかだったりすんの？」

「いや、俺ももともとは地元の人間やないから知らんけど、そんなことはないやろ。ちょんまげの幽霊は来たことあれへんし」

「それもそうか」

「人がおるとこが恋しいんかもしれへんな。あと、昔、何かで読んだけど、幽霊は水のあるとこに集まる言うから、川沿いのせいかもしれへん。それか、警察署と教会の間にあるっちゅう立地条件やろか」

「うーん、どうかなあ。確かにレア物件だとは思うけど」

「せやろ。それが気に入って、ここに店開いたようなもんやしな。まあ、幽霊も、別に何するわけやないし、害もないし……」

海里は少し伸びすぎた前髪をひと房、指に絡めてくいくいと引っ張りながら口をへの字に曲げた。

「いやいや、微妙に害あるっしょ。何もしないっても、毎日ずーっと来られたんじゃ、気分的にちょっとさあ？　それにこの店、それなり客が入るみたいだし、席一つずっと占領されるのも困るだろうし」

「それなりで悪かったな。……まあ、毎日来たり、数日おきに来たりは幽霊次第やけど、そのうちぱったりと来んようになるねん」

「飽きて？」

「いや……どうやろな。もしかしたら、消えるんかもしれん」

「消える？」

驚く海里に、夏神は頭を包んでいたバンダナを外して巻き直しながら説明した。

「あいつら、もとから気配は薄いねんけど、それがだんだんもっと薄うなってくるねん。ほんで、とうとう店に来んようになるから、消えるんちゃうかなと勝手に思っとるだけや」

「……へえ。じゃあ、さっきのあいつもそうなのかな。もう、どんくらいここに来てんの？　幽霊、だいたいどのくらいで消えるんだ？」

夏神はしばらく考えてから答える。

「確か、ここ五日ほど毎日や。最初より、ちょっとだけ気配が薄うなってきた気がするわ。消えるまでは……人それぞれやな。これまで、最短は一週間、最長は一ヶ月ちょいっていう若いお姉ちゃんの幽霊がおったなあ。やっぱし女のほうが、情念が深いんかもしれん」

「へえ……」

普通に酒の席や楽屋で聞いていたら、話題作りのためにずいぶん話を「盛った」と笑い飛ばしていただろう。しかし、出会ったばかりでも、夏神がそういう作り話をするタイプでないことはわかる。

何より海里自身が、あの不思議な青年の姿を目の当たりにしたのである。信じないわけにはいかない。

夏神は、新しい飴《あめ》を出し、しかし包み紙を解《ほど》かずに手の中で転がしながらこう言った。

「俺は、ここに来る幽霊のことしか知らんけど、あいつらには俺の声は届かんみたいでな。話しかけても、目の前で手ぇ振っても、ぼんやり座っとるだけで、何のコミュニケーションも取られへんかったんや。せやからさっき、あの男の子がお前の顔を見たて聞いて、ちょっとビックリした。そんなん初めてや」

「マジ!? あれ、珍しかったんだ」

驚く海里に、夏神は頷《うなず》き、何か言おうとする。だがそのとき、店に二人連れの客がおずおずと入って来た。まだ若い男女だ。

「えっと、さっきまで飲んどったバーで、ここで阪神の始発待ちながら飯食えるって聞いたんやけど、ホンマすか？」

男性のほうが、遠慮がちに夏神に訊《たず》ねる。夏神は立ち上がり、「いらっしゃい」と笑顔を見せた。

「別に始発の待合所やないけど、いてくれてかめへんよ。表に書いてあったやろ？　うち、メニューは日替わり一種類やねん。今日は生姜《しょうが》焼きやけど、それでよかったら」

男性はホッとした様子で、傍らの恋人とおぼしき女性を見る。

「生姜焼きやて。俺はええけど、お前は？」

「めっちゃ好き！」

女性は屈託なく答える。「ほな、二人前でお願いします」と言って、二人はテーブル席についた。

「日替わりしかないんだ、ここ。道理でずっと生姜焼き作ってるなーって思ってた」

小声でそう言った海里に、夏神は苦笑いで頷く。

「ひとりでやってるし、食材に無駄も出しとうないしな。水と箸《はし》、頼むわ」

「おう」

海里はかなり手慣れてきた様子で二つのグラスに水を注いだ。

夏神は冷蔵庫から豚肉を取り出しながら、客に話しかけた。

「今まで飲んでた言うたら、『芦屋日記』あたりか?」

男性客は頷く。

「そうです。あそこカレーが旨《うま》いって噂やったから、それを食べるつもりやったんですよ。でも、今日は売り切れで」

「そら残念やったな。あそこ、ええ店やろ。エレベーターがないから、階段がちょっときついけどな。兄ちゃんらは若いから平気やろし」

「や、若くても四階はちょっときついっすわ」

「店に入るときには、二人ともはあはあ言うてたもんね。その分、お酒が美味《おい》しかったけど」

そう言って笑う二人に、海里は「いらっしゃいませ」と声を掛け、水のグラスと割り箸をそれぞれの前に置いた。

「ありがとう……あれ?」

愛嬌《あいきょう》のある関西のイントネーションで礼を言った女性のほうが、海里の顔を見てちょっと驚いた顔になる。

「五十嵐カイリにめっちゃ似てるって言われません？」

「！」

海里はギョッとして、トレイを持ったまま硬直した。途中までは警戒していたのだが、夏神と少し打ち解け、客の応対にもいくぶん慣れて、いつの間にか油断していたらしい。

男性のほうも、「ほんまや」と盛んに頷く。

「い、いや……別に……」

「そう？　めっちゃかっこいいねえ」

「おい、俺の前で他の男褒めるんはないやろ。ないわー。せやけど確かにかっこええな」

男性は苦笑いで恋人を窘《たしな》めつつ、海里の顔をしげしげと見上げる。ドギマギしつつ、海里はすっかり板に付いた愛想笑いを咄嗟《とっさ》に浮かべ、しらばっくれた。

「いやー、いきなり褒められたら照れますよ。そんなに似てます？」

「似てる似てる。あ、でもあの子、女性問題で何かやらかして、クビになったんやったっけ。似てるって言われてもビミョーか。ごめんなさい」

「あ、いや……」

それこそ「微妙」な言われように、海里は口元を引きつらせる。それを、彼が気分を害したのだと解釈したらしき男性のほうが、フォローのつもりで慌てて口を挟んだ。

「まあ、とにかくかっこええってことで！　それこそ、こんなとこで働くより、バーとかのほうが似合う……あ、すんません。俺まで失言してもうた」

「別にええよ。確かにそいつ、かっこええやろ。うちの店には勿体《もったい》ないわ」

恐縮する男性に軽口で応じ、肉を焼き始めた夏神は、物言いたげな眼差《まなざ》しを海里に向ける。海里は敢《あ》えて夏神のほうを見ず、「とりあえず、ありがとうございます」と笑顔で頭を下げ、カウンターに戻った。

夏神と、なおチラチラ自分を見ている女性客の視線を感じたが、すべてを無視して、皿に野菜を盛りつけ始める。

やがて、二人の客の話題は、さっきまで飲んでいたバーで出されたらしきフルーツカクテルに移った。夏神も、何でもなかったように、「ほい、肉上がるで。飯と味噌汁《みそしる》」と指示を出してくる。

海里はようやく少し安堵《あんど》して、ずっとガチガチだった肩からほっと力を抜いたのだった。

「ほい、お疲れさん」

そんな言葉と共に夏神が引き戸に掛かっていたのれんを下ろしたのは、午前五時前、始発待ちのカップルを送り出してからだった。

食器を下げて洗い始めた海里を見て、夏神は無言で椅子を引っくり返し、テーブルの上に上げ始めた。

しばらくの沈黙の後、夏神はカウンターの最後の椅子を上げ、口を開いた。

「いがらし　かいり」

「うっ」

「お前とおんなじ名前の芸能人がおるんやな」

「…………」

「ほんで、そいつは何ぞ女関係でやらかして、クビになってんな」

「……おい。もってまわった言い方すんなよな。そうだよ、俺だよ。五十嵐海里は本名。芸名んときは、海里をカイリってカタカナにしてただけ！」

洗った皿を拭《ふ》きながら、海里はやけっぱちの勢いで白状する。夏神は、さして驚いた風もなく、「ふうん」と相づちを打ちながら、奥の小さな物置から掃除機を出してきた。

「芸能人やのに、料理がメインの仕事やったんか？」

「マジで何にも知らないのかよ。朝の情報番組で、俺、料理コーナーやってたんだけど」

いささかプライドを傷つけられ、海里は膨れっ面で訴えた。だが夏神は、笑顔でそれを受け流す。

「朝は寝とるからな。知りようもないわ」

「それもそっか……」

「すまんな。ほんで、そのイケメン芸能人が……」

「元イケメン芸能人」

「元イケメン芸能人が、閉店まで店手伝ってくれたっちゅうことは……アレか、行くとこないんか？」

海里は皿を置き、ふきんを持ったまま頷いた。

「ない。俺、実家こっちなんだ。昔と違って、芸能レポーターも夜中じゅうピンポン鳴らすような無茶はできなくなったからさ。実家に匿《かくま》ってもらってやり過ごそうと思ってたんだけど……追い出された」

夏神は掃除機のコードを延ばす手を止め、目を剝《む》く。

「追い出された？　親にか？」

「母親と、兄貴。うち、早く父親が死んだから、一家の大黒柱は兄貴なんだ。その兄貴が、俺がそもそも役者になることに大反対でさ。今度のことでもうブチキレちゃって、話なんてろくに聞いてくんねえの」

「なるほど。ほんであの辺をブラブラした挙げ句、ヤンキーどもに絡まれたっちゅうわけか」

「そゆこと。先週の金曜から、毎日踏んだり蹴《け》ったり。夏神さんに助けてもらったのが、唯一よかったことかもね」

「そうか。そらよかった」

笑って一呼吸置いてから、夏神はこう言った。

「仕事手伝ってくれるんやったら、ここにおってもええで」

「マジ⁉」

海里の顔がパッと輝く。夏神は、太い指で天井を指さした。

「言うても、俺は二階に住んどるから、ホンマに言葉どおり『ここにおってもええ』っちゅう意味やけど。あと、物置にしとる部屋を片付けるまで、俺と同じ部屋で寝起きしてもらわんとあかんけど」

「……あんたがそっち方面じゃないなら、別にいいよ」

夏神は、広い肩をそびやかす。

「今んとこは、違うな」

「今んとこって何⁉」

「知り合いのゲイがよう言うねん。『ノンケかどうかは、やってみるまでわからへん』て。まあ確かに、これまで男に惚《ほ》れたことがないだけかもしれんしなあと思ってな」

「……じゃあ言い直す。俺がタイプでないならいい」

「およそタイプやない」

夏神は真顔で即答する。海里も、ようやく首を縦に振った。

「そんじゃいいや。お世話になりま……あ、まさか一つ布団じゃないよな？」

「んなわけあるかい！　言うても布団は一組しかあれへんから、お前には、しばらくソファーで寝てもらわなあかんけど。週末に布団買いにいこうや」

「イエッサー。てか、とりあえずその前に掃除だろ？　俺、何する？」

とりあえずの居場所が決まったことで、少しホッとして、海里のテンションは自然と高くなる。

「ほな、俺が掃除機かけとる間に、生ゴミまとめて裏のポリペールに放り込んどいて。残った白飯は、茶碗《ちゃわん》一杯ずつくらいにまとめてラップしといてくれたらええわ。あとでチンして、俺らのまかないに使うから」

「了解っ」

怪我の痛みなどどこへやら、生き生きと作業にかかる海里に苦笑いしながら、夏神は掃除機のスイッチを入れた……。

*　　*

その日から、海里の「ばんめし屋」店員としての生活が始まった。

夏神は、月曜から金曜の夜から早朝まで店を開ける。

閉店時刻は、近くの阪神電車芦屋駅で始発が走り始める午前五時前と決めているようだが、開店時刻はわりと大雑把で、午後六時から七時の間くらいに設定しているようだ。

朝、掃除を済ませてから店の二階で就寝し、起床するのは午後一時くらい、それから朝昼兼用の軽い食事をしたら、ＪＲ芦屋駅前にその日の食材を買い出しに行き、下ごしらえを済ませたら、あとは自由時間だ。

店の営業中も、客がいなくなると適当に交代で休むので、実働時間はそう長くない。初日に夏神が言っていたとおり、店のメニューはたった一種類、日替わり定食だけである。

メニューは前もって決まっているわけではなく、買い物に行った先で、その日の特売品を見定めて夏神が決める。

夕方、試食を兼ねて、客に出すのと同じものを二人で食べて味をチェックしてから、暖簾《のれん》を出す……というのが、大まかなタイムテーブルだ。

最初の休店日である土曜日、二人は一緒に布団を買いに出掛けたが、配達を頼んだ帰り道、夏神は「ちょっとボルダリングの教室行ってくるわ」と言って駅前で海里と別れ、帰宅したのは午後十時過ぎだった。

翌日も、海里が昼過ぎに目を覚ますと、夏神はもうどこかに出掛けた後だった。どうやら、週末まで海里と一緒にいるつもりはさらさらないらしい。

海里としても、なしくずしに世話になっている上、休日まで気を遣われてはたまったものではないので、むしろそのほうがありがたい。

さすがに街を無闇に出歩こうとは思わなかったが、「あるものは勝手に食べていい」と夏神が言ってくれたので、適当にパスタを作って食べ、夏神が物置として使っていた四畳半の空き部屋を片付けて、どうにか自分が暮らせる空間を確保することに午後いっぱいを費やした。

夏神が帰宅したのは、午後十一時前だった。

店の引き戸を開ける音がして、階段を軋《きし》ませ、ずっしりした足音が近づいてくる。

「おかえりー」

居間兼夏神の寝室のソファーに寝そべって雑誌を読んでいたジャージ姿の海里は、むっくり身を起こして声を掛けた。

休日もTシャツにジーンズ姿の夏神は、ニッと笑って「おう」と片手を上げ、軽くのけぞって廊下を見やる。

「ようけゴミ出たな〜。片付いたか、奥の部屋」

「うん。夏神さんが、特に必要なものは入ってないって言ったから、片っ端から分別して袋に詰めた。マジで服とか雑誌とか古そうなカバンとかばっかだったし」

「そうやねん。朝、寝るやろ。資源ゴミ、よう出し忘れてな。しゃーないから空き部屋に放り込んどったら、溜まってしもた」

「わかる。俺も、朝番組に出てたからさ。マンションにゴミ集積所があって、いつでもゴミ出せるの、超助かってたもん」

「はは、ええとこに住んでたんやな。ボロい店の二階の狭い部屋で悪いなあ」

そう言いながら、夏神は畳の上にどっかと胡座《あぐら》をかいた。手に持っていた飲みかけのお茶のペットボトルを、おそらくは冬はこたつになるのであろう、小さな四角いテーブルに置く。

「晩飯ちゃんと食うたか？」

問われて、海里は頷《うなず》いた。

「久しぶりに、明太子スパ作って食った。旨《うま》そうな明太子、冷蔵庫で見つけたから」

「ああ、あれな。常連さんからの貰《もら》いもんや。そろそろ食わなあかんかったから、ちょうどよかったわ」

夏神はそう言って、喉《のど》を鳴らしてお茶を飲んだ。海里はちょっと興味をそそられ、夏神に訊《たず》ねてみた。

「朝からどこ行ってたんだ？　飲んできたっぽい？」

プライバシーに立ち入るなと叱られるかと思ったが、夏神は上機嫌のままあっさり答えた。

「休みの日は、たいがいジム行って、飯食って酒飲んで終わりや。今日は知り合いと飲んどったから、ちょい遅うなったけどな」

「デート？」

「アホか。残念ながら、むっさい野郎の知り合いや。大阪で飲食店やっとる奴やから、情報交換しとってん」

海里はソファーの上で猿のように胡座をかき、上半身を背もたれのクッションに預けるというだらしない姿勢で追及した。

「何だよ、ゲイじゃないけど、彼女もなし？」

「なしや」

「ふーん。モテそうなのにな、夏神さん」

「アホ、家主やからて、気ぃ遣わんでええわ」

「や、マジで。いない歴、どんくらい？」

夏神はペットボトルを置き、やれやれといった様子で、それでもやはり素直に答える。

「三年ちょいやな。店開くちょっと前くらいに別れたきりや。ほんで、お前のほうはどないやねん。女問題で事務所をクビになるくらいやから、随分ヤンチャしたん違うんか」

そう突っ込まれ、海里はようやく背筋を伸ばした。

「冗談じゃねえし！」

真顔で憤慨した彼は、ソファーから降り、畳の上に腰を下ろして夏神に向かい合う。

「そうなんか？　お前こそ、モテまくりそうなシュッとした顔やのにな」

「モテようがモテまいが、彼女作っちゃいけない商売だったんだよ、俺の場合」

「そんな商売、あるんか」

「俺、最初がミュージカルで、そっから朝の番組の料理コーナーを持たせてもらうようになったんだ。料理人でも何でもないんだけど、嘘っこで『料理好き』をアピールしてたら、真に受けられちゃってさ」

「何や、そういう流れか」

夏神は胡座で少しだけ背中を丸め、片肘《かたひじ》を腿《もも》の上に置いて、海里の話に耳を傾ける姿勢を見せた。

「聞いてくれんの、俺の話？」

「お前が話したいんやったらな」

予想どおりの夏神の返事に、海里はシャープな頬を緩めた。

海里がここに来て五日目の今日まで、夏神は海里の過去について何一つ自分から詮索《せんさく》することはなかった。

訊《き》かれないのをいいことに、海里も最初に打ち明けた事情以外は何も話さなかったのだが、さっき、夏神のプライベートについてあれこれ質問してしまった以上、自分のことも話さなければフェアではないと感じる。

だから彼は自発的に、先週からの出来事を打ち明けることにした。

「夏神さん、俺が何言っても、人に言いふらしそうじゃないからいいや。俺さ、ずぶの素人から、何となくノリだけで、ミュージカル俳優になったんだ。自分が演じてるキャラに関しては、誰よりも上手《うま》くやれたって、今でも自信ある。だけど役者としては、すっげえ中途半端なわけ。想像つく？」

「まあ、何となくな。世間でよう言う、イケメン俳優とか言うやつか」

「その中でも、演技力に定評ない部類。それでも俺は、ちゃんとした俳優になりたかったんだ。情報番組の料理コーナーを引き受けたのも、そうやって露出があれば、いつか芝居の仕事が来るんじゃないかって期待したからだった」

「なるほどなあ。せやけど、料理も素人やってんやろ？」

「そ。ホントは料理好きでも何でもなかったし。だから最初は酷《ひど》かったよ。あっ、だけどさ、コーディネーターさんに習ったり、プロのシェフに習ったりする機会をもらって、自分でも家で練習したりして、それなりにサマになっては来てたんだぜ？　でも、あんなつまんねえ事件で、全部パー」

　夏神はお茶を飲み干し、躊躇《ためら》いがちに訊ねる。

「そのつまらん事件いうんが、女関係か？」

　海里は気まずそうに頷いた。

「さっきの話に戻るけどさ。あんま好きな言葉じゃないけど、俺は確かにイケメン俳優枠に入ってたわけ。そういう男はさ、ファンにとって、手の届きそうなところにいる、がむしゃらに頑張ってる爽《さわ》やか君じゃなきゃ駄目なんだ。王子様とか、弟キャラとか、仮想彼氏とか、色々パターンはあるだろうけど、とにかくクリーンで、仕事とファンが恋人じゃなきゃ駄目なんだよ。リアル彼女とか、そういう生々しいのは厳禁なわけ」

「ほんで、お前はそのクリーンなイメージをしっかり守っとったわけか」

「そ。実際そうだったしね。彼女作る暇なんかないし、出会いの機会もないし、アイドルの子たちなんて職場の同僚感覚だから、マネージャーとか事務所とかに睨《にら》まれてまで口説こうとは思わねえし」

「そういうもんかね。それやのに、なんで女関係で失敗したんや？」

海里は、夏神が空っぽにしたペットボトルを手に取り、何となく両手で弄《いじ》りながら俯《うつむ》いて口を開いた。

「とあるドラマの打ち上げがあったんだ。俺、一話だけだけどゲスト出演したから、打ち上げにも呼んでもらえた。俺のマネージャーだった人、事務所の社長でもあってさ。いい機会だからじゃんじゃん売り込めって命令されたよ。だからプロデューサーやら脚本家の先生やらに一生懸命アピって、まあ、気を遣いつつも楽しい飲み会だったんだよ」

「ふん」

好奇心剝《む》き出しという風ではまったくなく、飲み屋で行きずりの相手の愚痴でも聞いているような調子で、夏神は相づちを打つ。

「だけどそこで、とある女優に会ってさ。年齢は似たり寄ったりなんだけど、子役出身で、ドラマじゃヒロイン格をやるような子だから、業界的には大先輩じゃん？　その子と自宅の方向が同じだってわかって、途中まで一緒に帰ろうってことになって、タクシーに乗ったんだよ」

夏神は、やはり小さく頷くだけだ。その精悍《せいかん》な顔には、何の感情も浮かんではいない。

東京を去って以来、誰にも事の真相を話さなかった海里だが、喋《しゃべ》り出したらもう止まらない。まさに「まくし立てる」という言葉がぴったりの激しい語調で話し続けた。

「だけど途中で彼女が気分悪いって言い出して、タクシーを降りた。落ち着くまで近くにあったバールでソフトドリンク飲ませて、様子見てさ。まあ、具合はマシになったみたいなんだけど、けっこう酔ってるっぽくて足元危ないし、呂律《ろれつ》も回ってないし、ほっとけないと思ってさ。自宅まで送っていくことにしたんだよ」

「まあ、そうなるわな」

「ろくに歩けないのに、ひとり暮らしのマンションの入り口ではいさようならってわけにもいかないだろ⁉　だから部屋までついていって、玄関の鍵《かぎ》を開けてやって、靴脱がせて中入れて、ソファーに座らせて、水飲ませて！　またしばらく様子見て、そんでまあ大丈夫だろうと思ったから、帰ったわけ！」

「……男としては、パーフェクトに紳士の振るまいやないか。何の間違いもあれへんで？　万が一疑われても、そう説明したら済む話と違うんか？」

海里は、思わず手の中のペットボトルを強く握り締めた。薄い樹脂が、乾いた音を立てて凹む。

「それがさ。打ち上げ会場の外で張ってた芸能記者に後をつけられて、写真どころか、スマホで動画まで撮られてたんだよ！　全然気付かなかったけど。そりゃ、ヨロヨロの女の子を支えて歩いてるとこを動画撮影したら、俺が彼女を抱き寄せてるみたいに見えるよなあ？　ふたりで彼女のマンションに入って、しばらく経って俺ひとり出てきたら、やることとやった帰りっぽく見えるよな？」

「せやけど、事実は違うんやろ？」

「全然違うけど、事実なんかどうでもいいんだよ」

「どうでもええて……」

「彼女の事務所がでっかくて、俺の事務所が弱小だった。守られるべきは彼女で、捨てられるべきが俺だった、そんだけのこと。彼女は清純イメージで売ってるから、真っ直ぐ歩けないほど自発的に飲んだくれたりしない設定なわけでさ。そのイメージを崩さないように、あっちの事務所が、週刊誌発売前に手を打ったんだ」

「そんなことができるんか？」

夏神はビックリした顔でのけぞった。芸能界に無縁の彼には、初めて聞くことばかりなのだろう。海里はさらにペットボトルをベキベキにしながら頷《うなず》く。

「力のある事務所は、何でもできるよ。……だから週刊誌が発売される朝には、俺が彼女に酒を勧めて酔わせて、彼女の部屋に強引に押し入ったってことになってたわけ。そうなるともう、俺には弁明の機会なんてないんだよ。ただ、大波に攫《さら》われて、芸能界から放り出されるしかなかった」

海里の手からさりげなくペットボトルを取り上げながら、夏神は低い声で訊《たず》ねた。

「それ、家族には言うたんか？」

「聞く耳持たねえよ。特に兄貴は。母親も、ワイドショーを見たらしいから、出てる奴らのもっともらしい作り話を信じ込んじまってるんだろうな」

「……そうか。俺は芸能界のことはよう知らんけど、つらいもんやな。ようこらえた」

「こらえたっつーか、何も出来なかっただけだけどな！」

「それでも、やけっぱちにならんと……あ、いや、なっとったか。なっとったな。ああ……ええと……まあとにかく、お疲れさんや」

苦笑いでごまかし、夏神は大きな手で海里のぱさついた髪をワシャワシャと撫《な》でる。

「やめろっつの。どんだけ適当なフォローだよ、ったく！」

うるさそうにその手を振り払いながらも、夏神の「お疲れさん」の一言に、海里は驚くほどホッとしている自分に気付いた。

芸能界とはこういうものだ、仕方がないと憤りつつも、心のどこかで自分自身を価値のない人間だと貶《おとし》めていた。

夏神の店の仕事を手伝い始めたのも、他にこれといってすることがなく、自分の居場所を確保するため……そんな打算的な目的からに過ぎなかった。

そんな自分の意気地のない挫折《ざせつ》の日々を、「お疲れさん」と労《いたわ》ってくれた人がいる。それだけで、何となく報われたような気分になれたのだ。

しかし、素直に感謝の気持ちを伝えるのは気恥ずかしくて、海里は立ち上がってわざとらしく伸びをした。

「んー、今日は片付けで疲れたから、もう寝るわ。今日からやっとひとり部屋ゲットだし！　布団も届いたし！」

夏神も笑って片手を上げる。

「おう、これまでむさ苦しいオッサンと合宿モードやったからな。ひとりで大の字になって、ゆっくり寝ぇ」

「うん。おやすみー」

挨拶《あいさつ》して部屋を出ていこうとした海里は、ふと足を止めて振り返った。

「あのさあ、夏神さん」

「あ？」

「や、さっきひとりでいるとき考えてたんだけど、あの兄ちゃんの幽霊、週末は何してんだろな」

夏神は小さく肩を竦《すく》め、かぶりを振った。

「知らんわ。店開けてへんときは、さすがに入り込んでないみたいやで？　さっき帰ってきたときは、おらんかった」

「じゃあやっぱし、店に人がいるときだけ来るのか。金曜まで毎日来てたけど、明日《あした》も来るかな」

「どうやろなあ。何や、来てほしいんか？」

冗談めかした夏神の問いかけに、海里は顔をしかめる。

「そういうわけじゃないけど、気になるだろ、やっぱ」

「まあ、なあ」

「……まあいいや。寝るわ。おやすみ」

再度、おやすみの挨拶をして、海里は奥の部屋に引っ込んだ。

四畳半の畳敷きの部屋には、まだ布団以外は何もない。バックパックに詰め込んで東京から持ってきた服は、部屋の隅っこに畳んで積み上げてある。

そのうち、小さなクローゼットくらいは置く必要があるだろう。本当は、実家に送られているであろう東京のマンションを引き払ったときの荷物を回収したいところだが、当分、あそこには近づく気になれない。

「服も、買わなきゃな」

呟《つぶや》きながら、海里は畳んであった布団を敷きにかかった。

焼けた畳と、漆喰《しっくい》の壁、それにいかにも安っぽい布団セットと、芦屋川に面した、不透明なガラスを嵌《は》め込んだアルミサッシの窓。とどめは、天井からぶら下がる、乳白色のガラスにドーナツ形の蛍光灯を仕込んだレトロな照明。

東京で暮らした瀟洒《しょうしゃ》なマンションとの落差を考えると、やはり情けない気持ちがこみ上げてくる。

「ありがたいけど、やっぱボロだよなあ、ここ」

布団の上にごろりと転がり、思わずそんな呟きを漏らす。それでも、狭い居間で夏神のイビキを聞きながら眠るよりは、ひとり部屋を手に入れただけでも大きな進歩だと思わなくてはなるまい。

「こうやって、ちょっとずつ、色んなことがよくなっていくといいな……。そんで、いつかは」

いつかはまたスポットライトを浴び、女の子たちの黄色い声を聞いたり、鮮やかに料理を作ってポーズを決めたり、ずっと願っていたテレビドラマに出演したり……そんな願いを、海里はぐっと飲み下した。

数年経ってほとぼりがさめたら、事務所の社長は迎えに来てやると言っていた。だが、そんなことを信じるほど、海里はおめでたい性格ではない。

「……寝よ」

電灯からぶら下げた長い紐《ひも》を引いて灯《あか》りを消し、海里は薄い枕に頭を預けて目を閉じた。

翌日の夜、煮て冷まし、味をよく含ませた高野豆腐を切り分けながら、海里はふと目を上げ、いつもの席にあの青年の幽霊を見つけて「あ」と小さな声を上げた。

夏神はとっくに彼の出現に気付いていたらしく、大きなハンバーグ生地を手でまとめなおしてフライパンに置きながら、チラと海里のほうを見た。あまり気にするな、と言いたげな視線である。

（やっぱ、来た。……だけど夏神さんの言うとおり、最初に見たときより、気配が薄くなってる気がする）

作業の合間にチラチラと青年を観察しながら、海里はそう思った。

年齢が近いせいか、はたまた自分がこっぴどい挫折を経験したばかりだからか、海里は青年のことがどうにも気になって仕方がなかった。

彼がどうして命を落としたのか、何故、幽霊になったのか、何故この店に来るのか、何か海里や夏神にしてほしいことがあるのか……と、疑問が次々と湧いてくる。

しかし、彼はごくたまに海里の顔をぼんやり見るだけで、それ以外のときはずっと俯《うつむ》いて座っているだけだ。話しかけても何のリアクションもないので、海里も夏神も、どうしてやることもできないのだ。

（ったく、こんだけ毎度毎度座り続けるんなら、何か言えばいいのにさ）

そんなことを考えていると、客席から「お兄ちゃん、お冷やちょうだい」と声がかかる。

「はあい、水っすね」

そう応じて、海里はピッチャーを手にカウンターを出た。

実は土曜日、夏神と別れてから、海里はドラッグストアでヘアカラーを買い、上京して以来初めて、髪を真っ黒に染めた。それまではずっと、最初に演じたミュージカルのキャラクターと同じ赤茶色に染め続けてきたのを、生来の髪色に戻したのである。

さらに、美容院に行く勇気はなかったので、ハサミで自ら、髪を短くした。前は頬に届くほど、後ろはうなじを隠すほど長かった髪を、ザクザクと切り込んだ。

それはまるで、過去と決別するような行為だったが、悲しいかな素人の仕事は滑稽《こっけい》な結果を生み、帰ってきた夏神が一目見て爆笑しながらも、どうにか見られる状態に整えてくれたのだ。

髪色と髪型を変え、それまで細めにカットしていた眉《まゆ》を放置しただけで、ずいぶんとイメージが変わるものらしい。ごくたまに「五十嵐カイリに似ている」と言われるものの、それがまさか本人だとは誰も思わないようで、海里もあまり警戒せず、客と会話ができるようになった。

「ありがと」

ハスキーな声で礼を言ったのは、初老の女性客だった。綺麗《きれい》にメイクをして、少し派手目のラップドレスを着ている。この近くには飲食店やバーがそれなりにあるので、どこかの店の女主人なのかもしれない。

「今日のハンバーグ、何や特に美味《おい》しいわあ。いつもよりソフトやね」

そんな女性客の言葉に、海里は思わずその場でガッツポーズを作った。

「ありがとうございます！　それ、俺がタネ捏《こ》ねたんですよ！」

「あらホンマ？　イケメン手作りのハンバーグなんて、嬉《うれ》しいわあ。マスター、ええ子が来たねえ」

「まあ、ええ子は認めるけど、ハンバーグは生地だけやない、むしろ焼き加減が命なんやで？」

夏神が苦笑いで、カウンターの中から負け惜しみを言う。

「はいはい、言い直します。イケメンがタネ捏ねて、ワイルドが焼き上げてくれたハンバーグ、美味しいわあ」

さすが関西と言うべきか、女性客もすかさずやり返し、夏神と共に陽気に笑い合った。他のテーブルの客たちも、「兄ちゃん、ホンマに旨《うま》いわ」と口々に褒めてくれて、海里は嬉しくて胸がいっぱいになった。

夏神が料理するのを見ているうち、どうしても自分もやりたくなり、無理を言って、一度だけ試しに……とハンバーグ生地を作らせてもらったのだが、テレビの出演者たちと違い、この店の客たちは、本当に美味しいと思ってくれている。短い賛辞や表情から、それがダイレクトに伝わってきて、不覚にも泣きそうになってしまう。

カウンターの中に戻り、サラダ用のトマトを切りながら、不必要に俯いて必死に涙をこらえる海里を、夏神は優しい目で見守っていた……。


そして、真夜中過ぎ。

店に客がいなくなると、夏神はスツールに座って棒付き飴《あめ》を舐《な》めつつ、キャベツを千切りしている海里の手元を感心した様子で見た。

「お前、高野豆腐も知らんかったくせに、キャベツの千切りは異常に上手《うま》いな」

海里はちょっと得意顔で言い返す。

「番組でさ、これができると滅茶苦茶《めちゃくちゃ》ウケるわけ。見栄えするっしょ。だから、死ぬ程練習したんだ」

「……お前、基本的にものごっつい真面目やな。チャラい見かけでそうでもないように見えて、損しとったん違うんか？」

そう言われて、海里はへへっと笑った。

「そうでもない。努力してますって顔すんの、俺、嫌いなんだ。チャラいくせに、何げなくキャベツの千切り超上手いとかって、かっこいいだろ？」

「そういうもんかねえ」

夏神が不思議そうに首を捻《ひね》るのさえ、気持ちが浮き立っている海里には妙に可笑《おか》しい。

「そうだよ。意外性ってのがいいんじゃん。それに、努力って言葉が、そもそも似合わなかったよ。滅茶苦茶かっこつけて料理してたからな、俺」

「……料理すんのに、かっこつけとかそんなんあるんか？　何すんねんな」

海里のプライベートには干渉しないが、こと料理の話題になると、やはりプロとして気になるらしく、夏神は興味津々で訊《たず》ねてくる。

海里は、さっき洗った大きな丸皿を取ると、右の手のひらに載せた。

それだけの動作で、料理コーナーをやっていた頃のことが思い出されて、一瞬息苦しくなるが、今はそれより浮かれ気分が勝っていた。

「料理が完成して、盛りつけも終わるだろ？」

「おう」

「そうしたら、こう、カメラに向かって、料理を出すアクションをしながら、決めぜりふを言うんだ」

「決めぜりふ？」

身を乗り出す夏神の向こうには、例の青年の幽霊が、やはりぽつねんと座っている。

大声を出したら、幽霊でも驚いたりしないだろうか……そんな悪戯《いたずら》心がムクムクと湧き上がり、海里はスタジオでもやらなかったような大声を張り上げた。

「ディッシー!!」

「なんじゃそりゃ！」

夏神は予想どおりの反応をして、呆《あき》れ顔《がお》でのけぞる。だが海里は、そんな夏神の姿を見ていなかった。

彼の目いっぱい見開かれた目は、夏神の肩越しに、青年の幽霊に注がれている。

彼はゆっくりと立ち上がり、海里と同じアクションで、右手をゆっくり前に差し出したのだ。

海里の驚愕《きょうがく》の表情に気付き、視線を追って振り返った夏神も、「うお！」と驚きの声を上げた。

二人が凝視する中、ずっと閉ざされたままだった青年の唇が薄く開き、声は出さないものの、唇が確かに「ディッシー」という海里の決めぜりふを形作る。

「お……おい、何、お前、俺のこと知ってんの!?」

驚きつつも、海里は上擦った声でそう問いかけた。青年は微《かす》かに頷《うなず》いたように見えたが、その姿はふうっと消えてしまう。

「お、おい、このタイミングでいなくなるとか、なくね？　くっそ、明日《あした》も絶対来いよ！　気になって仕方ないだろー！」

思わず地団駄を踏みながら、海里はどこに向かって文句を言えばいいのかわからず、立ち上がった幽霊の顔のあったあたりを睨《にら》みつけ、そう言い放つしかなかった。

「まあ、落ち着けや、イガ」

いつまでも店内をウロウロ歩き回る海里を見かねて、それまではずっと黙って見ていた夏神が、とうとう声を掛けた。

店で海里の名前を呼ぶとき、五十嵐と呼んでも海里と呼んでも、彼の芸名を客に連想させてしまってはいけないと気を遣ったのだろう、夏神はこの数日で、海里を「イガ」と呼ぶようになった。

その奇妙な呼び名を決して歓迎していなかった海里だが、今はそれを気にする余裕などなく、嚙《か》みつくような勢いで、「落ち着けるかよ！」と言い返してきた。

もっとも、その後すぐに反省したらしく、「ごめん」と小さな声で付け加える。

「だけどさあ、あいつ、絶対俺のこと知ってるよ！『ディッシー！』って口の動きだけだけど言ったもん。右手だって、俺がするみたいに、こうさ」

カメラに向かって皿を突き出す仕草をもう一度してみせる海里に、夏神は腕組みして、困り顔で天井を仰いだ。

「わかっとる」

「だったら、そんな落ち着いてる場合じゃないだろ！」

「狼狽《うろた》えとる場合でもあれへんやろ」

鋭く切り返され、海里はようやく動きを止める。

「そ……それはそうなんだけど。でも！」

「まあ、座れや」

客がいないことを幸い、夏神は自分が先にスツールにどっかと座った。海里も渋々、自分用のスツールに腰を下ろす。

「確かに、あの兄ちゃんの幽霊、お前のことを知っとるみたいやったな。だからこそ、最初の夜、お前の顔を見たんかもしれん」

「だよな？　だよな？　俺のファンってことだよな、きっと！」

「……まあ、幽霊になっても、お前の決めポーズと決め台詞《ぜりふ》をやってみせるくらいやから、そう考えるんが妥当やろな」

「うわー、くそ、何だよもう。ほっとけねえなあ！」

海里は思わず親指の爪を噛んだ。

子供の頃からの癖だが、芸能界デビューしたとき、マネージャーの大倉美和から「みっともないからやめなさい」ときつく叱られ、必死で我慢しているうちにいつしかしなくなっていた。

だが、あまりにも動揺が激しくて、ついかつての悪癖を復活させてしまったらしい。

「ほっとかれへん、言うてもなあ。お前のファンやとしても、あいつはもう幽霊になってしもてるんやで。他人の俺らが、何をしてやれるっちゅうわけでもないやろ」

夏神は宥《なだ》めるようにそう言ったが、海里は短く切り詰めた親指の爪を無理矢理嚙みつつ、長い脚でイライラと貧乏揺すりをした。

「わかってるよ！　あいつとは話せないみたいだし、幽霊を生き返らせる技術も俺にはないし！　だけど……このままだとあいつ、もっともっと薄くなって、そのうち消えちまうんだろ？」

「たぶんな」

「そんなの嫌だ！」

危ういところを助けて以来、海里が初めて、他人のために見せた激しい感情に、夏神は両手で膝頭《ひざがしら》を摑《つか》み、軽く身を乗り出した。海里の顔を覗《のぞ》き込んで、駄々っ子を宥める穏やかな口調で問いかける。

「嫌なんはわかるけど……。お前、あれか。ファンを大事にする芸能人やったんか」

「当たり前だろ！　基本じゃん、そんなの」

吐き捨てるように答え、海里は眉根《まゆね》をギュッと寄せた。

「俺さ、例の事件のとき、何も弁解させてもらえなかったって言ったろ？　だから、記者会見が出来ないなら、せめてSNSで自分の声をファンに届けたいと思ったんだ」

「あー。俺は自分がやらへんからどんなもんかわからんけど、最近の芸能人は、結婚も離婚も全部SNSで発表するて聞くもんな」

「そうそう。マネージャーのチェックは入るとこが多いけど、それでもわりと自分の声をダイレクトに伝えやすいからさ。せめてファンに、俺は潔白だって一言だけでも伝えたかった。心配かけてごめんなって、謝りたかったんだ」

「アカンかったんか？」

海里は、力なく項垂《うなだ》れた。

「ブログもツイッターも、俺の公式アカウントは事務所にソッコー消されてた。新しく作ることも考えたけど、公式にできない以上、読んだ人を混乱させるだけだろ？　やっぱこれまでのでっかい恩があるから、事務所に迷惑かけたいわけでもなかったしさ。だから、ファンの子たちに何も言えずに消えることになった」

「そうやったんか。ホンマに、きっつい世界やな」

海里は、震える指を誤魔化すように、両手の指先をしっかり組み合わせた。

「うぬぼれるわけじゃないけど、ずっと応援してくれてたファンはそれなりにいたはずだし、あんなニュースが流れても、信じてくれてたファンもいたはずなんだ。そういう子たちを傷つけたままでいるってことは、今でも考えただけで苦しくなる」

「そうか。伝えたい人に声が届けられんちゅうんは、もどかしいな」

「もどかしいどころの騒ぎじゃねえよ。バラエティ番組でどうでもいいような話をしてた時間の、一分だけでいいから今、俺にくれよって何度も思った。事件の前は、テレビカメラの前で喋《しゃべ》ることとなんて簡単だなって思ってたけど……とんでもねえわ。今の俺なんて、テレビ局の玄関から一歩も奥に通れないもん」

「……むう」

「だからさ……目の前のファンひとりくらいは、ちゃんとフォローしたいっていうか。たとえそれが幽霊でもさ。生きてたとき、俺のこと見ててくれてたってわかったら、余計にほっとけないよ」

「……イガ……」

夏神は、何と言っていいかわからないという面持ちで、海里の名を呼ぶ。

そのとき、カウンター内の壁に取り付けられた電話が鳴った。

「あ、すまん」

夏神は弾《はじ》かれるように立ち上がり、電話のほうへ小走りで向かう。

「もしもし、ばんめし屋……ああ、どうも淡海《おうみ》さん。最近ご無沙汰《ぶさた》ですねえ。あ？　あー……そういう。そら大変や。はい、はい、ああ、ええですよ。あっ、ちょー待ってください」

受話器を取った夏神は、受話器のスピーカーを片手で押さえ、海里のほうに身体を捻《ひね》る。

「なあ、お前、バイク乗れるか？」

海里は頷《うなず》く。

「原付なら。前にドラマ出るときに必要だってんで、免許取ったから」

「ほな、ちょっと出前行ってくれるか？」

「出前？　あ……ああ、まあいいけど」

海里が頷くと、夏神は再び受話器に向かって話し始めた。しばらく会話を続けてから電話を切り、腑《ふ》に落ちない顔つきの海里に説明を始める。

「今の電話な、開店したときからの常連さんからやねん。わりかし有名な作家さんやねんけど、ここしばらく姿見せんなーと思ったら、今、原稿が死ぬ程の勢いで佳境らしいわ」

「あー、修羅場」

「修羅場て……そういう言い方するんか？」

「らしいよ。ほら、俺のデビュー作のミュージカル、原作が漫画だからさ。原作者の先生が、『修羅場あけだよ～』ってヘロヘロになりながら、稽古場《けいこば》に差し入れ持ってきてくれたりしてた。小説家も、似たようなもんじゃね？」

「ふうん。まあとにかくそういうわけで飯食いに出る暇はあれへんし、家の冷蔵庫空っぽやし、頼むから何か持ってきてくれっちゅうことでな」

そう言いながら、夏神は早速冷蔵庫を開け、ハンバーグの生地が入ったステンレスのボウルを取り出す。

　肉厚の大きな手の平を使って、ごく柔らかな生地をパンパンと手際よく整えるのを見ながら、海里も一つ溜《た》め息《いき》をついて立ち上がった。

「小説家の先生に、定食お届けか。いいよ、ちょっと頭冷やしがてら、行ってくるわ。料理、何に盛る？　出前用の食器とかあんの？」

「いや、出前は普段せえへんねん。ひとりで店やっとったから、どだい無理やろ。ただ、特別な常連さんの我が儘《まま》は、商人《あきんど》としてはたまに聞いとかな」

「そんじゃ、普通の食器？　バイクだと、割れそうで怖いな」

「いや、また食器を取りに行くんは面倒やし、ちょっと二階から、前にキャンプ行ったときの使い捨て容器を探してくるわ。火加減見とって」

「……やった！　生地作りから焼き上げまで、ついに完璧《かんぺき》に俺の仕事！」

「アホ、最後は俺が見定めるっちゅうねん。焦がすなや？」

　そう言い返しながら、夏神は慌ただしく階段を駆け上がる。海里の頭上で、天井の杉板がミシリと鳴った。

「そうだよなあ。ほっとけないっつっても、実際、俺なんかに何が出来るっつーんだよな、幽霊相手に。自分のことも、どうしようもなかった奴だってのにさ」

　フライ返しをハンバーグの下に差し込んで焼き色を確かめながら、海里はさっきの勢いはどこへやら、力なく独りごちた。

「えっと……この辺、ではあるんだよな？」

スクーターを路肩で停め、片足を地面についた姿勢で、海里はスタジャンのポケットからスマートホンを取り出した。

あまりにも見たくない着信が殺到し続けるので、以前のスマートホンは、兵庫に戻って来てほどなく解約してしまった。今使っているものは新しいものなので、まだ扱いに慣れきってはいない。

幾分もたつきながらも液晶画面を操作し、海里は地図アプリを立ち上げた。

「ここや。暗いからわかりにくいけど、芦屋神社と公園を目印に行ったらええわ。淡海さんの家の近くの道はカーブが凄《すご》いから、それだけ気ぃつけや」

店を出る前、夏神はそう言って、目的地を地図アプリに登録してくれた。

住所は東芦屋町。海と山が極めて近い芦屋市において、いわゆる山手にあたる高級住宅街の一角だ。

しかし、高級住宅街ほど道幅が狭く、暗い……というのが、どうもこの街の傾向のような気がする、と海里は思った。

夏神に警告されていなかったら、本当にこの道でいいのだろうかと迷ったことだろう。

海里の目の前にある上り坂は急で、しかも大きくカーブし、道路の幅もかろうじて二車線分あるが、それまで走ってきた道路に比べれば、あからさまに狭い。

スマートホンの地図で目的地への道のりを確かめ、海里は頷いた。

「このぐねぐね道を、とにかく上がってって、神社の手前、左側……だな。よし」

スマートホンをポケットにしまい込み、「出前」の皿を入れたバックパックを慎重に背負《せお》い直すと、海里は再びスクーターのアクセルグリップをぐいと手前に回した。

人っ子ひとり通っていない、家々の灯《あか》りがほとんど消えた道沿いは、ちょっとゾッとする暗さだった。あまりにも静かで、スクーターのエンジン音が申し訳なく思えるほどだ。

一軒ごとの敷地が広いので、自然と庭部分が大きく、余計に町並みが暗く見えるのかもしれない。

(みんな、早く寝るんだな。まあ俺も、テレビ出てたときは、毎晩九時に寝てたけど)

そんなことを考えながら坂を上っていると、左手に石造りの柵《さく》のようなものが見えてきた。あっと思うと、すぐにちんまりしたコンクリート製の鳥居があった。

夏神に持たされたLEDのハンディライトで照らしてみると、「芦屋神社東参道」と書いてある。うっかり目的の家を通り過ぎ、芦屋神社まで来てしまったらしい。

なるほど、右手を見ると、公園らしき闇が広がっている。

「行きすぎた。神社より、ちょこっと下るんだよな」

スクーターを反転させ、今度は注意深く低速で走らせながら、海里はハンディライトを片手に、道路沿いの家の玄関を照らしてみた。

すると、神社のすぐ南隣、道路からやや奥まった場所に門扉のある家に、「淡海」という表札がかかっていた。

どうやらここが、目指す小説家の邸宅らしい。

門扉に照明はついておらず、高いコンクリート塀に囲まれた広大な庭には鬱蒼《うっそう》と樹木が茂っていて、その遥《はる》か向こうにかろうじて、灯りのついた二階の窓が見えた。

「コワ……なんかちょっとお化け屋敷っぽいな、ここ。大丈夫かよ。マジで作家先生、住んでんのかな」

店に来る幽霊は平気なくせに、こういう薄気味悪い環境には弱い海里である。急に冷えてきた気がする両腕をさすりながら、どうにか見つけたインターホンを鳴らしてみた。

鳴っているのかいないのか、まったく手応《てごた》えのない呼び出しボタンを三度ほど押したところで、微《かす》かに扉を開閉するような音がした。

それからサンダル履きとおぼしきぺたぺたした足音が近づいてきて、やはり懐中電灯を持ったヒョロリと痩《や》せた男が、眠そうな糸のように細い目で門扉を開ける。

「どちらさま?」

「え……えっと、あの、『ばんめし屋』でっす。ご注文の日替わり定食、お持ちしました」

懐中電灯で全身を照らされ、海里はヒソヒソ声で告げた。家の主《あるじ》とおぼしき、もじゃもじゃ頭の長身痩軀《そうく》な男は、「あ～」と嬉《うれ》しそうに笑った。へにょ、というオノマトペが似合う、何ともへたれた笑顔である。

「助かるよ～。このままだと朝までに低血糖で倒れると思ってさあ、無理を承知で電話してみたんだ。来てくれてよかった。あ、そこ、階段に気をつけてね。僕が照らしてあげるから」

海里にとっては耳慣れた関東のイントネーションでそう言いながら、男は懐中電灯で足元を照らしつつ、ゆっくり歩いていく。

階段を上り、大きな踏み石が並ぶ長い通路を通って、二人はようやく明るい玄関にたどり着いた。

「でっかい家っすね！」

思わず素直な感想を漏らした海里に、サンダルを脱いで、上《あ》がり框《がまち》にぺたりと正座した男は、天然パーマなのか、縺《もつ》れた髪を細長い指で掻《か》きながら、あははと笑った。

「子供のない叔父《おじ》貴が遺《のこ》してくれたんだよ。ボロだし、独り身の男には広すぎるけど、まあ、贅沢《ぜいたく》言っちゃ駄目だよね」

「いいじゃないですか。羨《うらや》ましいっすよ」

そう言いながら、海里は上がり框に腰を下ろし、バックパックを慎重にフローリングの床に下ろした。

本当に、ひとり暮らしらしい。馬鹿げて広い三和土《たたき》の片隅には、男のものとおぼしき同じサイズの革靴と履き古したスニーカーが一足ずつ並んでいる。

吹き抜けのホールの頭上からは、やけに壮麗なクリスタルのシャンデリアが下がり、それが全体的に古びた床や漆喰壁《しっくい》と、何とも物寂しい調和を保っていた。

「えっと、今日の日替わりはハンバーグです。夏神さんがお伝えしてましたっけ」

そう言いながら、海里は樹脂製の丈夫な使い捨ての皿を持ち、キョロキョロした。さすがに床に食べ物の皿を置くのを躊躇《ためら》う海里の仕草に気付くと、男は「あ、ごめんね」と言って立ち上がり、バタバタと長い廊下の向こうに消えた。

ほどなく彼は、寄せ木細工のやたら装飾的なトレイを手に戻ってきて、「どうぞ、ここに」と海里の前に置いた。

「あ、ども。じゃあ、ハンバーグ。そんで、味噌汁《みそしる》と、ご飯です。この容器、そのままレンジで温めて大丈夫らしいんで。あっ、だけどそんときは、サラダだけは先に何かにどけてくださいね。ヘナヘナになっちゃいますから」

「わかった。レンジに入れられるのは、助かるねえ。僕、食が細くて一度にたくさん食べられないんだ。ハムスターみたいに、分けてちょっとずつ食べたいんだよ」

男はのんびりした笑顔で、きっちり正座している。年齢は、四十歳を少し過ぎたくらいだろうか。細い目と常にちょっと上がった口角、それに鼻の下がほんの少し長めなのが特徴的だった。

コットンシャツにゆったりしたズボンを穿《は》き、毛玉だらけの肘当《ひじあ》てつきカーディガンを着ていて、全身からふわっと煙草の匂いがする。

海里は他に小説家という職業の人間に会ったことがないが、作家という言葉の響きに実にしっくりくるルックス、それに雰囲気だと感じた。知的で、少しだけ偏屈そうで、それでいて妙に他人との心の垣根が低い感じがする。

（もしかして夏神さん、店番しなきゃっていうのより、むしろ禁煙中だから、この人んちに来たくなかったのかもな）

　そう思いながら、海里はもう一つ、アルミホイルの包みを取り出して、ハンバーグの皿の横に置いた。

「これ、夏神さんからのサービスです。きっと朝方に腹が減るだろうからって、おにぎり」

「おおお！　お母さんみたいな思いやりだな」

　男の笑みがさらに深くなった。

「朝までに食べるチャンスがなかったら、冷凍しとけばいいって言ってました。えっと、税込み千と八十円になります」

「はいはい」

　頷《うなず》きながら、男はカーディガンのポケットから小さながま口を出し、五百円玉を三枚、海里の手のひらに載せた。

「あー、すいません、俺、うっかり財布置いてきちゃって。いいっす、端数はおまけで」

　そう言って海里は五百円玉を一枚返そうとしたが、男は「いやいや」と、片手でそれを断った。

「いいんだよ、食器代と配達代と、君とはお近づきのご挨拶《あいさつ》ってことで。また、こんな非常識な時間に出前を頼むかもだしね」

「……すんません。じゃあ、ありがたくいただきます」

硬貨を軽く持ち上げて礼を言ってから、海里はそれをポケットに入れ、立ち上がった。

「えっと……そんじゃお仕事頑張ってください。淡海先生、なんですよね？」

「うん、淡海五朗《ごろう》……っていっても、君くらいの若い子は知らないよねえ。僕、文体が古臭くて、若い子向けの軽妙なラノベとかは書けないからね」

「うう……重ね重ね、すんません」

海里は痩せた背中を丸めるようにして、申し訳なさそうに頭を下げる。一応、夏神から彼の代表作を数冊、見せてもらってはいたが、そんな付け焼き刃で愛読者を気取ったところで、嘘くさいに決まっている。

(そこまでの演技力があるなら、とっくに俳優業で食えるようになってたさ)

そんな自嘲《じちょう》めいたことを考えながら、海里はハンディライトを手に、玄関から出て行こうとした。だがそんな海里を呼び止め、自分も立ち上がってサンダルをつっかけた淡海は、質問を投げかけてきた。

「いいんだよ、そんなの。そういや君、全然訛《なま》ってないけど、こっちの人じゃないの？東京？」

海里は正体に気付かれたかとギョッとしたが、ままよと正直に答えた。

「ずっと東京に住んでたんですけど、出身は神奈川です」

するとと淡海は、ニコニコして自分を指さした。

「ああ、僕も！　僕はあざみ野なんだけど、君は？」

「あ、俺、緑区です！」

「そう。何だか嬉しいな。同郷の人が、馴染《なじ》みの店で働いてるなんて。夏神さんに、くれぐれもよろしく。美味《おい》しくいただきますって」

孤独な執筆作業中で、人恋しいのだろうか。淡海は懐中電灯を持ち、門扉まで海里を送ってくれた。

「ここ、マジで暗いっすね」

近所迷惑を憚《はばか》り、辺りを見回してヒソヒソ声で言った海里に、淡海はちょっと困った笑顔で頷いた。

「そうだねえ。うちの辺りは特に。うちが暗いのがそもそもいちばんいけないんだけど、ほら、道を挟んだあっちは神社だし、そのお向かいは公園、公園の北側がお寺だろ？　どこも敷地が広い分、どうしても暗くなっちゃうね」

「……なんか怖いっす」

「ふふふ」

海里が薄気味悪そうに周囲を見回すと、淡海はちょっと悪い笑顔になって、こう囁《ささや》いた。

「お隣の芦屋神社には、大昔のお墓があるからね～。ちょっと怖いかもね～」

「ひッ。う、嘘でしょ？」

「ホントだよ。知らない？　芦屋神社の敷地内には、小さな古墳があるんだ。石室だって残ってる。今はその石室に芦屋川のずっと上のほうから水神様を移してきて、お祀《まつ》りしてるんだよ」

「へ、へえ……」

思わず首を縮こめた海里に、淡海は済まなそうに片手をヒラヒラさせた。

「ごめんごめん、無駄に怖がらせちゃったかな。嘘、ホントは別に怖くないよ。水神様といえば、田の神、山の神だもの。人間に不可欠な水を恵んでくださる神様だから、君もちょっと外から拝んでいくといい。いい水の流れに乗れるかもしれないよ」

「は、はあ……」

「あと、この道を下るのが嫌だったら、このまま上がってどん突きを左に折れると、太い道に出られるから。少し回り道だけど、そっちからのほうが走りやすいかも。じゃ、僕は冷めないうちに、ハンバーグをいただくね。ホントにわざわざありがとう」

「いえ、そんじゃ失礼します。お駄賃、ありがとうございました！」

海里はペコリと頭を下げ、淡海が門扉の向こうの闇に消えてから、スクーターを手で押して道路に出た。北に向かってしばらくそのまま歩いて、さっきの芦屋神社の鳥居の前まで来る。

（いい流れに乗れるかも、か。中に入るのはさすがに肝試し状態で怖いから、ここからちらっと拝んでくかな）

スクーターのスタンドを立て、バックパックを一応シートに下ろした海里は、手ぶらになって鳥居の前に立った。

水神様がどのくらいの距離の場所に祀られているのかは見当も付かないが、鳥居に向かって拝めば、まあ、そう遠すぎることはないだろう。

（今日はお賽銭《さいせん》がなくてすいません。けど、また改めて来ますんで、支払いはそんときってことで！）

いささか不遜《ふそん》な言葉使いでまずは詫《わ》び、それから音を立てずにごくごく小さな柏手《かしわで》を二度打って、合掌のポーズで目を閉じて頭《こうべ》を垂れる。

（なんつーか、元通りになりたい……とか言っても無理なのはわかってるんで、せめてこう、濡《ぬ》れ衣《ぎぬ》だけでもいつか晴らして、事務所にも、役者の仕事にも、戻れますように）

心の中で、夏神には恥ずかしくて言えないそんな未練を口にして、海里は合わせていた手を下ろした。

（馬鹿馬鹿しいけど、信じる者は救われるって言うからな）

そう思いながら、さて店に帰るかと踵《きびす》を返したそのとき、海里の耳に、やたら耳に快い男の声が聞こえた。

『その信心深い感心な若人《わこうど》よ、「信じる者は救われる」と同じくらい有名な諺《ことわざ》、「情けは人の為ならず」という言葉をご存じですかな？』

「ッ!?」

海里は咄嗟《とっさ》に身構え、周囲をキョロキョロと見回した。ハッと気付いて、ハンディライトのスイッチを入れ、LEDの明るい光で周囲を照らす。

『さよう、日本古来の神に祈るのも結構ですが、誰かに情けを掛けて徳を積むというのも、若人には必要なことと存じますよ』

またもや同じ声が聞こえたのは、公園のほうだ。

公園内の生け垣沿いに建つ、内部に蛍光灯が点《つ》いているコンクリート製の小さな建物は、たぶん公衆便所だろう。そこに誰か入っていて、海里に声を掛けてきたのだろうか。

（いやいや、もう日付変わってだいぶ経つんだぞ。そんなときに、公衆便所に潜んでるって、どう考えてもヤバイだろ、金銭的にも、俺のカラダ的にも！）

海里の顔からざっと血の気が引いた。

逃げよう。

とにかくこのまま坂を上がって、広い道路に出れば、きっと街灯の数も増えるに違いない。スクーターで全力の逃亡を図れば、いくら変質者でも走って追いかけては来るまい。

火事場の何とかで、凄《すさ》まじい勢いで脳を回転させ、そういう結論に達した海里は、バッとスクーターに縋《すが》り付いた。バックパックをもどかしく背負《せお》い、エンジンを掛けようとする。

　だがそのとき、もう一度、さっきと同じ声が聞こえた。

『ああいやいや、お待ちください。わたしは決して怪しいものではございませんよ。有り体に申し上げれば、ちとお助けいただきたいだけで』

「い……いや、今のこのシチュエーションで、どこが怪しくないのかすっげ聞きたい、いやむしろ、聞きたくない！」

　とぼけた言い様に、海里は思わず小声で突っ込みを入れた。

　公園のほうから声が聞こえるのは確かだが、どのあたりかが今一つ定まらない。すぐ近くから聞こえるような気もするが、茂みの陰に潜んでいるのでない限り、公園の入り口近くに人影は見当たらない。

　ハンディライトを手に、あちこち忙《せわ》しく照らしながら、海里は探るように小声で呼びかけた。

「つか、どっから喋《しゃべ》ってんの？　とりあえず、姿を見せろよ。助けるかどうかは、それからの話だろ」

　ところが声は、ちょっと情けなさそうな声音でこう応じた。

『そうできるものでしたらば、わたしとてそう致します。それがかなわぬので、お願い致しております次第で。いやいや実にお恥ずかしいことです』

さっき、息が止まるほど驚いたのが馬鹿馬鹿しくなるくらい、お上品で、呑気《のんき》な口ぶりである。

だが、相手が男、それも声の低さ、豊かさからして、いい歳の大人の男であることは確かだ。相手のペースにつられてつい緩んでしまいそうな警戒心を、海里はギリギリと巻き直した。闇を透かすように視線を動かしながら、低く言い返す。

「動けないってことか？　怪我でもしてんの？　それとも病気？」

『今はそのいずれでもございませんが、このままでは遅かれ早かれ、そうなると思われます』

「は？　意味わかんねえ。とにかく、どこにいるか言えよ」

『もう少し、ずずいと前に進んでいただいて……』

「前って、公園のほうに来いってことか？」

『さようでございます』

「くそっ……なんかしようとしたら、ソッコー逃げるからな！」

『何もできぬからこそ、ご助力をお願いしているのでございます』

相変わらず馬鹿丁寧かつ落ち着き払った調子で、男は海里を誘導しようとする。夜風に公園や神社の木々がざわめいて、海里の恐怖心を煽《あお》った。

（何だよ、目の前に幽霊が座ってるより、こっちのほうがよっぽど怖いじゃん）

とはいえ、ここで助けを求めているらしき男を見捨てて逃げたら、きっと気になって

気になって、店に戻ってからも落ち着かないことこの上ないに違いない。

海里はまるで忍者のように腰を落とし、じりじりとアスファルトの道路を渡った。いざとなったら近所迷惑など気にせず、ミュージカルで鍛えた全力のシャウトをお見舞いしてやろうと、胸いっぱいに空気を吸い込んで準備する。

「よーし……そっち行くぞ。どこだ……？」

『あなた様の真ん前にございます階段の右手の茂み、その根元を、慎重に照らしてみてくださいませ』

「階段……？」

確かに目の前には、道路より高い場所に設《しつら》えられた公園に向かう、八段ほどのコンクリート製の階段がある。幅はわりあい広く、中央にはステンレスの手すりがあった。

階段の両側には石垣があり、コンクリートで土留めをして、塀に沿うようにツツジか何かだと思われる丈の低い、刈り込まれた植栽がある。

「何だよお前、茂みに倒れてんの？」

『お恥ずかしながら、さようで』

「マジかよ。何したら、そんなことに……あ？」

階段のいちばん下の段に立ち、右側の植栽の根元をハンディライトで照らした海里は、整った顔をしかめた。

「こんなとこ、人は入れねえだろ。なあ、どこだよ？　遊んでないで、早く出てこいっつの。俺、店に帰らなきゃいけないんだから」

イライラしながら文句を言うと、今度は確かに、植栽の根元から声がした。

『ですから、慎重に照らしてくださいませとお願いしております。先ほど、わたしの頭上を、その懐中電灯の光が行き過ぎましたよ』

「はあ？　マジかよ」

決して気が長いほうではない海里は、ジリジリしながらもう一度、今度は植栽の枝を掻《か》き分けるようにして、ゆっくりとハンディライトを動かしていった。

「ん？」

やがて、ハンディライトの白い光が、地面すれすれの枝に引っかかった、何かを照らした。

『あっ、それです。今、あなた様の懐中電灯が、わたしを照らしております』

「お？　待て待て。どう考えても人間はいないぞ。何だよお前、くっそ丁寧に喋るセキセイインコか何かか？」

海里はその「何か」を照らすため、手元のハンディライトを動かし……そして、絶句した。

「……め、が、ね？」

茂みの中に隠れ、細い枝に引っかかっていたのは、間違いなく眼鏡だった。男の声は、嬉《うれ》しそうに弾む。

『あっ、そうでございます。見つけてくださって、ありがとうございます。重ねて慎重に、茂みより救出していただけましたら幸甚に存じます』

海里は絶句した。

男の声は間違いなく人間の男性のものだが、この流れからいくと、彼が見つけてほしかったのは眼鏡ということになる。

「おいおい、ちょっと待て。本体はどこだよ？ ここには眼鏡しかねえじゃん」

呆《あき》れ声で訊《たず》ねた海里だが、次に聞こえた男の返事に、あんぐりと口を開けたまま固まってしまう。

男は、『いえ、ですからわたしは眼鏡でございます』と答えたのである。

「……は？」

『眼鏡でございます。どうぞ、お助けください。あと一歩、ほんの少しでございます。たいしてお力もお手間も取らせません』

「…………」

開いたままの海里の口から、風船から空気が漏れるように、吸い込んで溜めてあったシャウト用の息が抜けていく。

驚きすぎると、人は感情が麻痺《まひ》して、むしろまったくの平常心のようになってしまうものだ。海里も能面のような無表情になり、さっきまでの用心深さは何だったのかというほどの無造作なアクションで、茂みに右手を突っ込んだ。

『で、出来ましたらもう少しだけ丁寧にお願いいたしたく』

「うるせえ」

眼鏡を摑《つか》むと、そのままバサバサと植栽の葉を散らしながら、荒っぽく手をひき抜く。

『ああああ、そんなになさっては……はあ、どうにか救われた』

信じたくないが、やはり男の声は、海里の手の中から聞こえる。

(眼鏡が喋ってやがる)

茂みに手を突っ込んだせいで、細い枝に擦《こす》れて手の甲がヒリヒリした。海里は右手を開き、ハンディライトで眼鏡を照らして観察しようとした。

『あっ、眩《まぶ》しゅうございますよ』

「仕方ないだろ、これしか灯《あか》りがないんだから」

普通に眼鏡と会話している自分に気が遠くなる思いだが、こんな場所で気絶している場合ではない。足をしっかり踏ん張ってしげしげ見ると、眼鏡はやたらクラシックな代物のようだった。

あるいは、古めかしいデザインを敢《あ》えて採用した新しいモデルなのかもしれないが、いわゆるセルフレームである。レンズの形は大きく丸く、ちょっとずっしりした感触があるので、ガラス製のレンズが嵌《は》め込まれているのかもしれない。

「どこにも口はねえな。あの機関車何とかって奴みたいに、強引に唇が付けてあんのかと思った」

そんな冷静なコメントを口にしてしまった自分がだんだん可笑《おか》しくなってきて、海里はぷっと噴き出してしまった。男……眼鏡のほうも、大真面目に答える。

『いわゆる、目だの鼻だのは、残念ながらわたしにはございませんので。強いて申し上げれば、すべてが口、すべてが目でございます』

「何をテツガクっぽいこと言ってんだか……。とにかく、俺は頼まれたとおり、お前を助けたからな。この辺に置いてくぞ」

海里はそう言ったが、眼鏡は慌てた様子で、海里の手のひらの上で飛び上がった。

そして、海の中でホタテが移動するときのように、シュッと勢いよく、海里のスタジャンのポケットに滑り込んだ。

「お、おいおいおい！　何すんだよ、出ろよ！」

『いえ、わたしの生涯最大の危機をお助けくださったあなた様こそが、今日よりわたしがお仕えすべき新たな主《あるじ》。お供致しますよ、我が主』

「マジで、意味が、わからない。出ろ」

海里はポケットから眼鏡を引っ張りだそうとしたが、眼鏡は狭いポケットの中で、魚のように逃げ回る。

『いかに我が主のお申し付けといえども、それだけは平にご容赦を』

そのくせ、声だけはやたらのんびりした美声なのが癪《しゃく》に障る。

「何なんだよ……！　我が主とか、勝手に言ってんじゃねえ。うッ」

思わぬ展開に動揺しているうちに、いつしか声が大きくなっていたらしい。さっき、淡海が寺だといっていたあたりから、ガタガタと音がして、光が一筋漏れた。

おそらく、海里の声を聞いて、誰かが公園で喧嘩《けんか》しているとでも思ったのかもしれない。警察など呼ばれてしまっては、事態がもっとややこしくなる。

今はまだ、「元五十嵐カイリ」はいかなる問題をも起こすわけにはいかないのだ。

「くそっ。いいか、店に戻ったら、ソッコーでトンカチ借りてぶっ壊すからな!」

ポケットに向かって押し殺した声で恫喝《どうかつ》すると、海里はとにかくこの場を離れるべく、急いでスクーターに駆け戻り、エンジンをかけた。

＊　　＊

店では、帰りの遅い海里を心配して、夏神が狭い店の中を腕組みしてウロウロしていた。まさに、動物園のシロクマそっくりのアクションである。

「ただいまー」

そんなこととはつゆ知らず、海里がムスッとした顔で店の扉を開け、客がいないことを確認してから中に入っていくと、夏神はもっと憮然《ぶぜん》とした顔で大股《おおまた》に歩み寄ってきた。両手を腰に当て、軽く威圧するように、海里の顔を見下ろす。

「ただいまと違うわ。どんだけ時間かかっとるねん。慣れん道で事故ったたんちゃうかと思て、心配したんやぞ。淡海さんに電話したら、とっくに帰った言うし。寄り道しとったんか。お使いの行き帰りが真っ直ぐできへんて、小学生かアホ！」

「あ……ごめん」

まくしたてるように叱られるのが何だか酷《ひど》く懐かしい気がして、海里はそれこそ小学生のように素直に謝った。

ミュージカルの稽古《けいこ》やドラマの撮影で、いわゆる演出家や監督といわれる人々に「何やってんだ！」と叱責《しっせき》されることはあるが、それはあくまで仕事上のことであり、彼らが叱っているのは「五十嵐カイリ」だった。

そうでなく、海里自身の私生活について叱ってくれる人は、上京以来、事務所社長の大倉美和だけだった。

爪を嚙《か》むな、背筋を丸めるな、偉そうに脚を組むなという人前での態度に加え、目上の人への敬語の使い方や、毎日の食事、慣れない東京での電車の乗り方といったことまで、美和は海里に事細かに教え、休みの日を潰《つぶ》して私的な外出に付き合ってくれた。

だからこそ、海里は美和には全幅の信頼を置いていたし、彼女を年の離れた姉か、母親代わりのように感じていた。

（それなのに、事務所を守らなきゃいけないからの一言で、捨てられたんだよなあ、俺）

捨てられた、という言葉に、寂しさと悔しさが涙に姿を変え、こみ上げてきた。

とはいえ、いい歳の大人がそんなことで泣いては、みっともないにも程がある。それに今は、泣いている場合ではない。

海里は涙を瞼《まぶた》の奥にグッと押し戻し、出来るだけさりげなく夏神に言った。

「マジごめん。ちょっとガム買いにコンビニ行ってさ、ついでに雑誌を立ち読みしちゃったんだ」

つい、そんないかにも自分のイメージに合わせた、適当な嘘が口を衝《つ》いて出る。人を傷つけないさりげない嘘を素早くつけるようになったのも、芸能人になってからだ。

喋《しゃべ》りながら、海里はポケットに手を入れ、三枚の五百円玉を夏神に手渡した。

「でも、代金は使い込んでないぜ。ほら。淡海さんが、配達代と食器代だっつって、大目にくれた」

「使い込んどったら、一晩説教するとこや。まあ、暇なときはちょっとくらいの寄り道はかめへんけど、次からはちゃんと電話せえ」

他愛ない嘘をあっさり信じ、夏神は海里の頭を軽く小突いただけで許してくれた。そして、五百円玉を一枚、海里に差し出す。

「ほんで、これはお前への駄賃やろ。取っとけ」

「けど、寄り道……」

「それはそれ、これはこれや」

「ん……じゃ、ありがたく」

海里は受け取った硬貨をポケットに再び入れた。

その弾みに、指先がくだんの眼鏡フレームに触れる。

公園を立ち去って以来、眼鏡は一言も喋らない。

あの暗闇の中での出来事が嘘のように思われるほど、眼鏡は動かず、喋らず、つまり普通の眼鏡のようにスタジャンのポケットの中にちんまり収まっている。

乾いた、海里の体温が移って妙に温かなフレームの感触を指先で味わいながら、海里はもう一度その眼鏡を引っ張り出して、明るい場所でゆっくり見たいという誘惑を我慢できなくなった。

「夏神さん。寄り道して帰ってきて、さらに我儘《まま》で悪いんだけどさ。ちょっとだけ上で休憩してきていい？　久しぶりにバイク運転したら、緊張して目がしょぼしょぼしちゃって」

また、海里は小さな嘘を重ねる。そして夏神は、やはりすんなりとそれを受け入れた。

「ええよ。お前が帰るちょっと前、お客さんがだーっと来てだーっと帰ったからな。こういう日は、後はもうスカスカやねん。店が混んだら呼ぶし、それまでゴロゴロしとれや」

「サンキュ」

短く言って、海里は階段を駆け上がった。

自分の部屋に入り、襖《ふすま》を閉める。

テーブルがないので、今朝は上げ損ねてそのままだった布団の上にポケットから引っ張り出した眼鏡を置き、自分もそれと向かい合うように胡座《あぐら》をかいた。

おずおずとつるを伸ばし、そこを両手で持って、目の高さまで眼鏡を持ち上げる。

蛍光灯の光の下で見る眼鏡は、公園で見たときよりずっと古びて見えた。

フレームの色は黄色と茶色のマーブル模様で、黄色部分には透明感がある。

鼻当てはついておらず、つるはくるんと大きくカーブしていた。

レンズはやはりガラス製のようで、硬く重く、表面に細かい傷がいくつもついている。

レンズを通して向こうを見ようとすると、部屋の壁がグニャンと曲がって見える。レンズには度が入っているようだ。

裸眼でスクーターを運転できる程度には視力のいい海里は、軽い眩暈《めまい》を覚え、眼鏡を慌てて目元から外した。

「なあ、おい。お前、やっぱマジで喋んの？　さっき公園でしたみたいに」

『あなた様がそれをお許しくださるならば、我が新しき主よ』

眼鏡は相変わらず、うっとりするような音楽的な男の声で答える。

「やっぱマジだった。気のせいかもっていうのは、虚《むな》しい希望だったわ」

海里は唇をへの字に曲げた。大倉美和には、必要以上にふて腐れて見えるので、決してするなと言われていた表情だ。

「つか、何なんだよ、お前。何で眼鏡が喋るわけ？　でもって、俺はお前のご主人様じゃねえし！」

『話せば長くなります、我が主《あるじ》よ』

「長くても話せ。つか、主じゃねえっつってんのに！」

『いいえ、あのまま茂みの枝に引っかかり、風雨にさらされておりましたら、わたしの老体はあっという間にひび割れ、塵《ちり》と化していたことでありましょう。助けを求めても、人は誰もわたしの声を聞いてくれず。あの場に打ち棄てられて既に一週間と二日、我が声を、救いを求める訴えをお聞き届けくださったあなた様こそ、我が新しき主にふさわしきお方。わたしにこの先、幾年の命があろうものかは存じませんが、命ある限り、全身全霊でお仕え致します』

まるで舞台役者が古典劇の台詞《せりふ》を謳《うた》い上げるように、眼鏡はやたらエレガントな口調で滔々《とうとう》と宣言する。

「いや、だからさぁ」

海里は思わず痛み始めたこめかみを押さえようとして、両手が頭痛の種である眼鏡のせいで塞《ふさ》がっていることに気づき、ガックリ肩を落とした。

「とにかく、何がどうなってお前が喋るようになったのか、ちゃんと話せ！　でもって、どうにかならないのかよ、これ。目も鼻も口もない奴と話すの、どこ見ていいかわかんなくて落ち着かねえよ」

問題は眼鏡が喋っているという現実であって、見るべき顔がないことでは断じてないのだが、海里自身がそれに気付けないほど動転しっぱなしであるらしい。

眼鏡のほうも、大真面目にこう提案した。

『目と鼻と口があるほうが、お話を聞いていただきやすいと。なるほど。幸い、まだ夜明けまでには時間があるようでございます。わたしは今や、夜の生き物。そして主の命令は、僕《しもべ》に力を与えるもの。どうぞお申し付けください』

「何をだよ？」

『あなた様のお話を伺いやすい姿形《すがたかたち》に変じるようにと。お望みのままに、犬でも猫でも兎でも……あるいは、人間でも』

海里はビックリして目をパチパチさせる。

「人間になれんのか？」

『あくまで擬態でございますが、あなた様がそう望んでくださるのならば、おそらく。最善を尽くしてみる所存でございます』

「いちいち長い。だったら、なってみろよ」

『我が主が初めて発せられた命令です。心して務めましょう』

そう言うが早いか、海里が持っていた眼鏡が、突然、強い光を放ち始める。金色だか銀色だか、はたまた白色だか、眩《まぶ》しすぎて判別がつかないほどだ。

「うわっ」

海里は驚愕《きょうがく》し、眼鏡を持つ手を離してしまった。

幸い、下は柔らかい布団である。いくら古ぼけた眼鏡でも、このくらいの高さからの落下で壊れることはないだろう。いや、それより問題は謎の光だ……と海里の思考が千々に乱れている間に、光はぐにゃぐにゃとアメーバのように伸び縮みしながら、ぐんぐん大きくなっていく。

眼鏡の大きさから、バレーボール大、バスケットボール大、小型のトランポリン大……そして、人間が身体を丸めたくらいの大きさへと、光の固まりは留まるところを知らず、巨大化していく。

「ちょ……、ま、眩しいだろっ！　いい加減にやめ……ギャー!!」

片手で目元を庇《かば》いながら、海里は眼鏡に何が起こっているのかを見定めようとし……そして今度こそ、階下に夏神がいることなど忘れて絶叫した。

光が薄れると共に、ゆっくり戻ってきた海里の視界に映ったものは、白人の中年男性だったのである。

年齢は五十代半ばくらいだろうか。あるいは、白人には老け顔の人が多いので、もう少し若いのかもしれない。

栗色の白髪交じりの髪をきっちり七三……いや、二八くらいに分けて撫《な》でつけた男は、淡いブルーのシャツにネクタイ、ベージュ色のニットベスト、それにツイードの上着とズボンという、実にカジュアルだがお洒落《しゃれ》、かつ品のいい服装をしている。

体格はほっそりしているが、貧弱という印象を見る者に与えない。かなりの撫で肩でもあるのに、それがかえって、ジャケットのタイトなカッティングと美しく調和しているようだった。

「お……お、お、おま、眼鏡!?」

狼狽《うろた》えて布団の上に尻餅《しりもち》をついてしまった海里を、靴を履いたまま布団の上にすっくと立った男は、にっこり笑って両腕を広げてみせた。

「おや、上手《うま》くいったようです。わたしとあなた様の相性は、かなりよろしいようでございますよ、我が主。喜ばしいことです」

どこから見ても白人の顔貌《がんぼう》をした男の薄っぺらい唇から、眼鏡だったときとまったく同じ恭しい日本語がこぼれ落ちる。

「う……、う、うう？」

海里は放心したように、男の頭のてっぺんからつま先までゆっくり視線を滑らせ……そして、どうにか第一声を発した。

「とにかく、何はさておき靴は脱げ。ここは日本だし、その布団、まだ買ったばっかりなんだ」

「おっと、これはわたしとしたことが。大変失礼致しました」

そう言うと、男は布団の上から畳にいったんどき、ピカピカの革靴を脱いで、畳の上に裏返しにしてきっちり並べた。

少しすり減った靴底が、とても「擬態」には見えず、海里はその黒い靴底と男の顔を何度も交互に見比べた。

甘いマスク、というのは目の前の眼鏡男のような顔をさして言うのかもしれない。面長な輪郭、まったくたるんでいないシャープな顎《あご》、広い額、ほぼ水平の眉《まゆ》と、彫りが深いので、眉とくっついて見える茶色い瞳《ひとみ》。あまり存在を主張し過ぎない細い鼻筋と、薄い唇。そして唇の脇に刻まれるくっきりしたシワ。

若い男にはない余裕のある色気、成熟した知性、それにほんの少しの頑固さを感じさせる顔の造作である。

「あなた様に不快感を与えない顔になっていればよいのですが。鏡を拝借しても？」

あまりにも落ち着き払った男の態度につられて、海里ももっそり頷《うなず》き、立ち上がった。無言でバックパックを漁《あさ》り、四角いハンディミラーを出して男に差し出す。

二つ折りのミラーのケースには、かつて演じていたミュージカルの舞台となった高校の校章がプリントされている。どうしても手放せなくて、今も使い続けているものの一つだ。

「お借り致します」

両手で恭しく鏡を受け取った男は、鏡をあちこちに掲げ、自分の姿を素早く確認した。そして満足げに頷くと、鏡をやはり丁寧な動作で海里に返した。

それから少し躊躇《ためら》った後、布団の上で長い脚を抱え込み、いわゆる体育座りの格好になる。妙に可愛らしく見えるところがむしろ腹立たしく、海里は不機嫌な顔になった。

だがそんな海里の反応を気にも留めず、男はこう言った。

「この姿は、かつてわたしを作った眼鏡職人の姿なのです。わたしの長い記憶の中で、初めて見た人間の姿ですから、やはり印象がもっとも強かったのでしょうね。人になろうとすると、いつもこの姿になってしまいます。まあ、お話をするには適切な姿だと存じますが、如何《いかが》でしょうか」

「如何もクソも……！」

海里がもう一度声を荒らげようとしたそのとき、ノックもなしに襖《ふすま》が開き、夏神が姿を見せた。

「何や大声が聞こえたけど、大丈夫……うお⁉」

どうやら、眼鏡男は夏神にも見えたらしい。彼は愕然《がくぜん》として一歩下がり、それから器用に同じ足を再び動かして、部屋に一歩踏み込んできた。

「おま……イガ、何やこいつ？　お前まさか。百歩譲って犬や猫ならともかく、配達の帰りに外人拾ってきたんか⁉」

「えっ？　夏神さんにも見えんの⁉」

「見えるもくそもおるやないか！　お前が拾ってきたんか？　それとも泥棒か⁉」

夏神は両の拳《こぶし》を胸の前で構え、眼鏡男への警戒心を露《あら》わにする。夏神を落ち着かせようと、海里は慌てて腰を浮かせた。

「あ、いや、泥棒じゃない！　ただ、俺が拾ったのは眼鏡……」

「眼鏡なんぞどうでもええわ！　俺は、このオッサンの話をしとるんや。ちゅうか、どうやって二階に連れて上がった⁉　お前、マジシャンもやっとったんか⁉」

「いや、だから！　そうじゃなくて！」

焦って布団の上に膝《ひざ》立ちになったまま、海里はとにかく夏神を宥《なだ》め、事の次第を説明しようと両手を振った。

だが、そんな海里の努力を台無しにする呑気《のんき》さで、眼鏡男は立ち上がり、完璧《かんぺき》な角度で夏神にお辞儀をした。

「これはこれは、初めてお目に掛かります。わが主《あるじ》の……あるいは上司でいらっしゃいますか」

「わ・が・あ・る・じ・？」

思いきり語尾を撥《は》ね上げて、夏神は一音ずつ区切って復唱しながら、海里の顔を前から後ろへ穴が貫通するほどの鋭さで睨《にら》みつける。

「イガ……これはどういうことやねん。ちょー、もう店閉めてくるから、そいつと一緒に大人しゅう待っとれ。じっくり話を聞かせてもらおか」

そう言うなりクルリと身を反転させ、夏神はドスドスとついぞ聞いたことがないような大きな足音を立て、階段を下りていく。

「ああああ〜」

奇声と共にヘナヘナと布団の上に四《よ》つん這《ば》いになった海里は、力なく頭《かぶり》を振った。

「お前が火に油を注ぐような真似すっから、怒っちゃったじゃねえかよ、夏神さん。どうすんだよ。俺、ここ以外に行くとこないんだぜ。お前のせいで追い出されたりしたら、マジ殺すからな！」

すると眼鏡男は、酷《ひど》く困惑した様子で眉尻《まゆじり》を極端に下げた。それだけで、捨てられた犬のような情けない顔になるのが不思議である。

「この姿が、上司の方のお怒りに触れたのでしょうか。今すぐ、眼鏡に戻りましょうか？」

「いや、頼むからこれ以上、ややこしいことすんな！　そのままでいいから、最初から順を追って事情を俺たちに話せ。夏神さんマジで怒ってたから、俺が壊さなくても、夏神さんにバラバラにされるかもだぞ、お前。俺は知らないからな！」

急にドッと疲れが押し寄せてきたように思えて、海里はそのまま布団にボフッとうつ伏せになり、もう一度、情けない悲嘆の声を上げたのだった。

「……怒鳴って悪かった」

しかしそれが、目の前で実際に男が眼鏡に戻り、再び人の姿に変身するのを目の当たりにした夏神留二の第一声だった。

彼はそう言って布団の上に正座し、海里に深々と頭を下げたのである。

「確かに、お前が拾ったのは眼鏡だけやったらしい。お前は嘘を言うてへんかった」

「や、やめてくれよ。こんなの信じろってほうが無理だし。つか、夏神さんにもこいつが見えて、俺、マジでホッとしたんだし」

海里は慌てて自分も正座になり、夏神のガッチリした肩を両手で摑《つか》んで上げさせる。

「おお、麗しき上下関係ですな。いや、あるいは師弟関係でしょうか。何にせよ、まことに素晴らしい」

そんなとぼけたコメントを発してぱちぱちと拍手したのは、勿論《もちろん》、「元凶」にもかかわらずひとりだけ体育座りのままニコニコしている眼鏡男である。

「黙れアホ」

「うっせえよ！」

彼言うところの「師弟」から口々に咎《とが》められ、「おや、これは失礼致しました」と眼鏡男は真面目そうな顔をする。

「……とぼけたやっちゃなー」

「そうなんだよ。いいや、とにかく話を戻すぞ。これまで聞いた流れだと、お前はずっと昔にイギリスで作られて、ロンドンに留学していた日本人に買われた。そうだよな？」

眼鏡男は妙にコンパクトに膝を抱えたままでこっくり頷く。

「さようです。わたしが生まれましたのは、おおよそ一九二〇年代。最初の主に従い、長い船旅の後、わたしは遠い異国、日本へ来たのです。……しかし、それは後から得た知識。前の主から伺ったことです。当時のわたしの記憶は、どうにもおぼろげでありまして」

夏神と海里は、同時に早くも痺《しび》れ始めた両脚を胡座《あぐら》に組み直し、同じタイミング、同じ方向に首を捻《ひね》る。言葉を発したのは、海里のほうだった。

「それ、どういうことだ？　最初から、こんなふうじゃなかったってこと？　最初はタダの眼鏡だった？」

「ええ、勿論そうでございますよ、我が主。わたしは最初の主にお供して日本に参りましたが、最初の主は、『これは今、欧米で大変流行している最先端の眼鏡なのだ』と様々な方に自慢する目的で、わたしをお買い求めになったのです」

「別に、眼鏡は必要ない目の持ち主やってんな？」

今度は夏神に問われ、眼鏡男は少し悲しげに頷《うなず》く。

「はい。ですから、わたしは常に大事にしまいこまれたままで、眼鏡本来の役割を果たすことが長らくございませんでした。活躍の場を与えられたのは、次の主……最初の主のご子息に譲られてからです」

「息子さんは、目が悪かったんだ？　今嵌《は》まってるレンズは、その息子さんが使ってた奴なんだな？」

眼鏡男は虚空を見て、懐かしそうに微笑んで頷く。

「はい。三十五歳から八十九歳で亡くなるまで、大事に大事に使ってくださいました。わたしが装うレンズも、幾度か換わりました。今は世間で言うところの老眼鏡、というものでございますね」

「そんなに長く⁉　よく保《も》ったな、お前」

「お父様の形見だからと、それはもう丁寧に扱ってくださいましたからね。小さな傷はたくさん負いましたし、大怪我も何度かありましたが、その都度、職人に頼んで修繕してくださいました」

「へえ……前のご主人って、どんな人だった？」

「学者でした。中国史の研究者だったようです。堅実なお仕事をなさり、温かな家庭を築かれましたが、奥様にも、三人のお子様にも先立たれ……その都度、主が流された涙が少しずつわたしに浸みこみ、いつしかわたしの魂になりました」

　そんな文学的な表現をして、眼鏡男は口角を引っ張るように少し上げてみせる。そのわざと作った笑顔が、彼が主の悲しみを共に味わっていたことを何より雄弁に語っているようだった。

　腕組みして聞いていた夏神は、ううむ、と唸《うな》った。

「何やそういう話、聞いたことがあるわ。付喪神《つくもがみ》、とか言うんやったっけ」

「つくもがみ？　何それ？」

　海里が訊《たず》ねると、夏神は腕組みを解き、膝頭《ひざがしら》を指で叩《たた》きながら説明した。

「俺も専門家違うから詳しくは知らんけど、長年使い込まれた道具には、魂が宿って妖《よう》怪《かい》の一種になるとか、そういう話や。大事にせんと、付喪神は祟《たた》るんやでって、死んだ祖母《ばあ》さんが言うとった」

「ひッ」

海里の喉《のど》が小さく鳴る。海里の怯《おび》えを感じとったのか、眼鏡男は「いえいえそんなことは」と両手を振った。

「人生ならぬ眼鏡生最大の危機を救って頂いたのです。我が主には、既に大恩のあるこの身、如何様《いかよう》になされようとも祟ったりなどは致しませんよ」

「けど、お前の元の持ち主は、すっげえ大事にしてくれたんだろ？　お前が魂を持ったことも、知ってたのか？」

眼鏡男は、抱えた膝に細い顎《あご》を載せて頷いた。

「はい。ひとりぼっちになってしまったと思ったが、まだお前がいた……そう言って、喜んでくださいました。主の孤独を少しでも癒《いや》したい、せめて姿だけでも人間になりたい、そう強く願うことで、夜だけはこんな風に変身することができるようにもなりました」

「夜だけ……さっきもそう言ってたな。何で夜だけ？」

眼鏡男は軽く首を傾げる。

「わたしに難しいことはわかりませんが、それはきっとわたしが妖怪になったからだと、前の主は説明してくださいました。妖怪は、基本的に夜の生き物だからと」

「はあ、なるほどなあ……」

海里はわかったようなわからないような顔で頷く。夏神は、「それにしても」と、眼鏡男を不思議そうに見た。

「そんなに大事にされとった眼鏡が、何で公園に捨てられとったんや？　前のご主人様と、喧嘩《けんか》でもしたんか？」

「いいえ」

眼鏡男は悲しげにかぶりを振った。

「先々週、前の主《あるじ》は亡くなりました。書斎で本を読みながら、眠るように静かに。わたしが最期まで、お側に侍《はべ》っておりました。温厚だったあの方にふさわしい、安らかな死でした」

眼鏡男の伏せた目から、一筋涙が零《こぼ》れる。

そんな素朴な感慨にふける海里をよそに、夏神は訝《いぶか》しげに問いかけた。

(眼鏡も泣くんだ……)

「普通、持ち主の大事にしとった品物は、お棺に入れられるやろ。お前は違ったんかいな」

眼鏡男は、涙を拭《ぬぐ》いながらかぶりを振る。

「わたしは、前の主の、言うなればトレードマークであったと自負しております。わたしと主のお顔は、とても相性がよかったのです」

「似合ってたってこと？」

「まさに。皆さん、わたしを装着なさった主のお顔を一目で覚えてしまわれるので、主がわたしを外してしまうと、どなたも主を認識できない有様でした」

「そりゃまた……すげえな。本体が眼鏡くらいの勢いだな」

「滅相もないことでございます。しかしまあ、何しろ英国製でございますからね！　そのへんの眼鏡とは格が違うとは申し上げておきましょう。そのようなわけで、喪主を引き受けた前の主の孫のひとりも、棺の中の主の亡骸《なきがら》に、わたしを掛けさせてくださいました。ところが、お通夜の席で……」

「お通夜で、むしられちゃったとか？」

「はい。お通夜に参列なさった数人のうちのお一方が、『あの先生がずっと大事にしていた眼鏡だ、きっと鼈甲《べっこう》のいいものに違いない。金になるぞ』と言い出したのです。それを真に受けた喪主は、主の亡骸から、わたしを引き離しておしまいになりました」

「せちがらい話やな。墓泥棒みたいなもんやないか」

夏神は憤慨して眉根《まゆね》を寄せる。海里は興味津々で、眼鏡男の顔を覗《のぞ》き込んだ。

「いや、だけど燃やされちゃったら、ここにはいないわけだろ？　ある意味、命拾いしたわけじゃね？」

「い、いえ！　主に添い遂げる覚悟はございましたよ。ですが……まあ、主はお亡くなりになりましたが、わたしは生きておりましたわけで、まあ、多少は……その、生き延びた感がなくもなく……」

「どっちだよ！」

しどろもどろの弁解に、海里は思わず笑ってしまいながら手を振った。

「まあいいや、続けて。マジでお前、鼈甲なの？」

「いいえ、断じて！」

眼鏡男は、海里の質問を二つまとめて否定し、膝から腕を離して背筋を伸ばした。ついでに両手で上着の襟元もピッと引っ張る。

「じゃあ、何？　プラスチック？」

「とんでもないことです。鼈甲ではありませんが、プラスチックなどというお手軽な素材と一緒にされては心外の極みでございますよ！」

そう言うと、眼鏡男は片手を海里のほうに軽く差し上げた。一本だけ伸ばした人差し指の先がたちまち透き通り、眼鏡のフレームのマーブル模様に変わる。

「うわ」

海里は、思わず驚きの声を漏らす。目の前で変身したのだから、目の前の男の正体が眼鏡だと脳はわかっているのだが、普通の状態では決して見られない光景に、つい心がビックリしてしまうのだ。

眼鏡男はえへんと咳払《せきばら》いしてから、誇らしげに告げた。

「わたしは、セルロイド製です。一九二〇年代の最先端素材でございます！」

どうやら、それが眼鏡男の自慢らしい。だが海里と夏神の反応は、極めて鈍かった。

「セルロイドいうたら、祖母さんの裁縫箱がセルロイド製やったな。紅白の、金魚模様とかいう奴。あと、万年筆とか……。何しか、年寄りの使うもんっちゅうイメージが……」

「あー、だけど夏神さん、今はセルロイドってけっこうレトロお洒落《しゃれ》アイテムらしいよ。セルロイドを加工できる職人がもう少ないんだってさ」

「へえ、そうなんか」

「まあ、とはいえ合成樹脂だろ？　そう自慢するほどのことでも」

「とにかく！　当時は最先端だったのです！」

強く主張して胸を張る眼鏡男に「はいはい」と投げやりに応じて、海里は自分の、小枝で軽く傷ついた手の甲を見下ろした。

「けど、その大昔の最先端眼鏡の価値が、喪主にはわかんなかったってわけか」

「あう」

ガックリと肩を落とし、眼鏡男はまたポロリと涙をこぼした。

「彼はわたしを眼鏡屋に持ち込みましたが、鼈甲ではない、セルロイドの古い眼鏡だと言われ、失望してゴミに出してしまわれました。ところがゴミ袋が野犬に破られ、わたしはカラスに攫《さら》われ、巣に連れて行かれる途中、何かの弾みでポロリと落とされて、あの場所に」

「うわ、何その人生波瀾《はらん》万丈モード。それで、あんなとこにいたのか」

「はい。必死で助けを求めましたが、わたしのようなものの声をお聞き届けくださる感受性豊かな方はそういらっしゃらず……この場所にお二人もそうした方が揃っておられるというのは、まさに奇跡。前の主のお屋敷に比べれば随分と質素ではありますが、このわたし、主のおられるところが天国と心得、精いっぱいの……」

「待て待て待て。お前今、俺の家と店を一緒に思いきり貶《けな》しよったな」

「いえ、そのようなことは決して！」

礼儀正しく失礼なことを言う眼鏡男を、夏神はジロリと睨《にら》んだ。しかし、その顔には、本気の怒りはない。このすっとぼけた眼鏡の化身に腹を立てるというのは、なかなかに難しそうだ。

夏神は、海里を見た。

「ほんで、お前、こいつをどないすんねん。なんぼなんでも、生き物みたいに喋《しゃべ》りよる奴を、またゴミに出し直すっちゅうわけにもいかんやろ」

海里も困り顔で夏神を見返した。

「まあ、ちょっとそれは人としてどうかと思うけど、ここ、夏神さんちだからさ。俺が勝手に決められないだろ。いつも人間の姿ってわけじゃないとは思うんだけど……違うんだよな？」

「勿論《もちろん》でございます。昼間は眼鏡の姿でしかいられませんし、夜もお望みでしたら、眼鏡のままでおります。人の姿でも、このように小さく小さくまとまって、決してお邪魔にはなりません」

ここぞとばかり、眼鏡男は胸に腿《もも》がつくほど膝をきつく折り畳み、それを両腕でギュッと抱いてみせる。

夏神は、情けない苦笑いで肩を揺すった。

「俺は別にかめへんよ。一人おるんも、一人プラス眼鏡がおるんも、大して変わらん。せやけどお前、飯は食うんか？　ただの眼鏡は飯は食わんやろけど、お前は一応、妖怪《ようかい》の仲間になったんやろ？」

眼鏡男は小さくなったままで答える。

「前の主の晩酌のお相伴は、しばしば務めておりました。ですが、食さねば死ぬというわけではございません」

「せやけど、飲み食いは好きか？」

「正直申しまして、味わうという行為は、なんとも楽しゅうございますね。人の姿のときに美味《おい》しいものをいただくと、眼鏡に戻ってからも、セルロイドの艶《つや》がひと味違う気が致します」

そんな正直な返答に、夏神は相好を崩した。

「そうか。そらええな。食うことが好きな奴が、俺は好きや。俺はこいつがけっこう気に入ったで、イガ」

「マジすか。……まあ、いいけどさ。手の掛からないペットだと思えばいいんだろ？　けど俺、眼鏡はかけないぜ？　それでもいいのか？」

海里に問われ、眼鏡男は盛んに頷《うなず》く。

「それはもう、お心のままに。ただ、主《あるじ》に粗末にされると、わたしは弱ってしまうと思いますので……その、肌身離さずお持ち歩きいただければ」

「うわ、めんどくせえ。……まあいいや、ちょっと眼鏡に戻ってみろよ」

「かしこまりました」

言うが早いか、男の姿はかき消え、布団の上には、セルロイドの丸眼鏡がちょこんと残る。

それを取り上げ、片方のつるをTシャツの襟に引っかけて、海里は夏神にそれを見せた。

「肌身離さずって、つまりこういうことだろ？」

『ああ、まことに結構でございますね。このように見晴らしのよい場所に掛けていただき、我が主の愛を感じます』

「拾って一時間やそこらで、愛なんか芽生えるかよ！　ここしか引っかけとく場所がねえだけだっつーの。調子に乗りやがって」

ブツクサ言いながらも、最初はガラクタだと思った眼鏡が、むしろヴィンテージ、いやもはやアンティークの域に入った品だと聞いたあとでは、見え方が少し違ってきた気がするあたり、海里はずいぶんと単純な性格らしい。

「だせえと思ってたけど、こうして掛けてみると目立ってなかなかいいかもな、このまん丸なレンズ」

　そんな呟《つぶや》きに、眼鏡が誇らしげに答える。

『わたしは、わたしが作られた当時、チャップリン、キートンと並んで「世界三大喜劇王」と呼ばれたアメリカの名優、ハロルド・ロイドが好んで掛けておりましたのと同じデザインの眼鏡なのです。ですから、セルロイドとハロルド・ロイドをかけて、わたしの仲間たちはみな、「ロイド眼鏡」と呼ばれておりました』

「へえ……。俺はまたジョン・レノン眼鏡かと思ったけど」

「俺は大江健三郎眼鏡かと思うた。せやけど、ロイド眼鏡か。洒落た名前やな。ほな、お前の名前もロイドでどうや？　それとも、前のご主人に名前をつけられとったんか？」

『前の主は、わたしのことを単純に「眼鏡」とお呼びでした。それでも勿論構いませんし、「ロイド」でしたら、なお誇らしく……』

「いちいち話がなげーんだよ、お前は。ほんじゃ、ロイドな。とりあえず、お試し期間ってことで、しばらく持ち歩いてやるよ。……あ、けど、寝るときは外すぞ」

『それはこちらからお願い致したいところです、我が主。主の御身の下敷きになって最期を遂げるというのは、わたしとしては大いに誉れとすべきところでしょうが、しかしながら』

「うっせえ！　俺の寝相をどんだけ悪いと思ってんだよ！　黙ってぶら下がってろ」

『ご命令とあらば、百年でも喜んで沈黙致しましょう』

「百年黙ってたら、俺がその間に死んじゃうだろ！」

『おや、それは確かに、いささか寂しゅうございますね』

「ああもう……！」

早くも漫才コンビのように、嚙《か》み合わないようなピッタリ嚙み合っているような会話を続ける海里と眼鏡を見守りつつ、夏神は「急に賑《にぎ》やかになりよったなあ……」と呆《あき》れ顔《がお》ながらどこか嬉《うれ》しそうに呟いた。

四章　君のための一皿

翌日も、「ばんめし屋」はいつもと変わらず午後七時前に開店した。

いや、いつもと変わったことが一つだけある。そう、海里のシャツの胸ポケットに、あの眼鏡……いや、ロイドが入れてあることだ。

実は開店前の自由時間に、海里はスクーターを借りてJR芦屋駅前に出て、ごくシンプルで安いコットンシャツと、眼鏡スタンドを買ってきた。

みずから「お試し期間」だと宣言したわりに、どちらの品物もロイドのためである。

ところが眼鏡スタンドはロイドには大いに不評だった。

『わたしのためのお買い物だということは、重々承知しております。ありがとうございます。しかし街中では気軽に喋《しゃべ》ってはならないとの仰せでしたので、購入の折には何も申しませんでしたが……失礼ながら、これをお選びになるあなた様の美意識には、いささか難があると申し上げねばなりません』

海里が帰宅して自室に行くなり、Tシャツの襟からぶら下がった眼鏡姿のロイドは、相変わらずのもってまわった言葉選びで苦言を呈し始めた。

「あ？　何が不満だよ。サイコーにいかしたアイテムじゃん。俺、これを見つけた自分にちょっと惚《ほ》れ惚《ぼ》れしちゃうくらいだけど」

そう言いながら、海里は紙袋をガサガサと漁《あさ》り、戦利品である眼鏡スタンドを取り出して、半ば万年床と化しつつある布団の枕元に置いた。

「ほら。この何もかもが昭和じみた部屋では、掃《は》き溜《だ》めに鶴のお洒落《しゃれ》感だぜ？　しかも台湾製でお値段リーズナブルときた。言うことないだろ？」

眼鏡スタンドは、アルミニウムだろうか、とにかく軽いメタル製で、つや消しの銀色に塗装されている。

断面が丸い金属棒一本を曲げることにより、円形の土台と、斜めに立ち上がった部分を形作り、そこに眼鏡を引っかけるためのパーツを三つ取り付けてあった。つまり一つのスタンドで、眼鏡が三つも掛けられる。

海里が自慢するとおり、実にシンプルで都会的なデザインの眼鏡スタンドと言ってもいいだろう。

とはいえ、ロイドの不平も、ただの言いがかりではない。

その「眼鏡を引っかけるためのパーツ」が、何を思ったか、実にリアルな「鼻」の形なのである。下から見ると、鼻の穴まできっちり空いている。

つるを両方折り畳んで引っかけることにより、眼鏡がその鼻の上に、実に安定良くおさまる構造なのだが、ロイドはその金属の鼻を醜悪だと感じているらしい。

「何だよ、気に入らねえの？」

海里は早速、いちばん上の「鼻」にロイドを慎重に掛けてバランスを取り、満足げに頷きながら問いかけた。

『おそれながら、ここに置かれるのはいささか不本意と言わねばなりませんね』

ロイドはやはり眼鏡のままで答える。日が落ちるまでは、本当に人間の姿にはなれないらしい。

海里はTシャツを脱ぎ捨て、まずはこれも今日買ってきたばかりのハサミをパッケージから取り出し、次に新品のコットンシャツを樹脂の袋から出しながら言い返した。

「なんで？　すっげーかっこいいぞ、お前」

『……さようでございますか？』

声だけでも、ロイドが大いに訝《いぶか》っているのがわかる。海里は、コットンシャツの値札を外し、襟元のタグをハサミで切りながらムッとした顔で頷《うなず》いた。

「さようでございますよーだ。メタルの鼻の上に、レトロな丸眼鏡だもん。最高にいかすよ。このギャップがいいんだよ。ちょっと待ってな。ほら」

とりあえずシャツを畳の上に置いて、海里はバッグからハンディミラーを取り出した。それを眼鏡の前にかざしてやる。

「目もないのに見えるんだろ？　マジでどんな仕組みなんだかなあ」

『おや、これは……。なるほど、思ったほど悪趣味ではございませんねえ』

気取った口調で、ロイドは意外そうな声を出す。海里は得意げに胸を張った。

「へっへー。俺の趣味の良さを認めろよ」

だが、人間のときの姿が性格に反映されるのか、ロイドも慇懃《いんぎん》な言葉使いながらも頑固に言い返す。

『いいえ、店でこの眼鏡スタンドを見たときは、確かに醜悪でございました。今、さほどでもないのは、そこに、このわたしが掛かっているからでございます。つまり、我が主《あるじ》の趣味の良さより、わたしの品の良さが、環境改善に大いに役立っていると……』

「ああ言えばこう言う奴だな、ったく！　こういうときは、ご主人様を立てるべきなんじゃないのかよ？」

『いいえ、長い目で見ますと、やはり申し上げるべきことははっきり申し上げたほうが、我が主のためにもなると……』

「うっせえ黙れ。とにかく気に入ったんなら、黙って掛かってろ」

『まあ……当初、想像したほど絶望は致しませんでした。この高さからの眺めも、新鮮でよろしゅうございます』

「そうかよ。ったく、素直じゃねえな。気に入ったんなら、素直に気に入ったって言やあいいだろ。作った奴と前のご主人様と、どっちに似たんだ。いや、独自の性格って奴？　子供だって、親に似るとは限らないもんなあ」

ブツクサ言いながら、海里はまだ真新しいせいで少しごわつくコットンのワークシャツに袖《そで》を通した。

『おや、我が主は、ご両親には似ておいでではないので？』

そう問われて、海里は袖口《そでぐち》を肘《ひじ》までくるくるとまくり上げながら答えた。

「父親はどうだろ。早く死んだから、あんま覚えてないんだ」

『これは無神経な質問をしてしまいました。申し訳ありません』

「別にいいよ、単なる事実だし、覚えてないってことは、悲しんだ経験もなかったんだろうし。母親には、優柔不断なとこが似てるかな」

『それはまた、お母君を語るには、いささか辛辣《しんらつ》な評価ですねえ』

ロイドの声音にわずかな非難の響きを感じて、海里は居心地悪そうに身じろぎしながら、弁解した。

「や、別に貶《けな》してるわけじゃない。俺、年の離れた兄貴がいてさ。父親が死んだときはまだ高校生で、卒業したらバイトしながら大学行って、大学を出てもまだ勉強して公認会計士になって、そんで一家の大黒柱になってくれたわけ」

『たいへんご立派な兄君でいらっしゃいます』

「その通り。兄君がご立派過ぎて、うちの母親は、いつも兄貴に遠慮するんだ。青春を俺と母親の食い扶持《ぶち》を稼ぐことに使わせちまったんだ、可哀想だとか、申し訳ないとか思うんだろうな。だから、兄貴が何言っても、逆らわないんだよ」

『ほう、遠慮なさるわけですか』

「そ。遠慮っていうか、家族が母親と兄貴と俺の三人だろ？　何か揉《も》めると、たいがい二対一になるわけ。で、俺と兄貴はいつも意見が合わないから、母親がついたほうが勝ちって流れになる。うちの母親が、俺についてくれたことは一度もないんだ。いつも、兄貴の側」

『恐れながら、それは年長者であり、社会人としての経験の長い兄君の仰《おつしや》ることが、客観的に判断してより正しいからでは？』

礼儀正しく辛辣な突っ込みを食らって、海里は不満げに唇をひん曲げる。

「へいへい、どうせ兄貴は品行方正のお利口さんで、俺はチャラチャラしたお気楽な弟ですよ。……まあ、たいがい兄貴の言うことが、世間的には正しいんだ。だけどさ、俺には俺の考えとか夢とか理想とかがあって、せめて家族には、ちょっとくらいわかってほしいと思うの、我が儘《まま》じゃねえだろ？」

『それは当然でしょうねえ』

「だろだろ？　だけど、母親は百パー兄貴の側に立つ。そのくせ、いつも『本当はあなたの言いたいこともわかっているのよ』って言いたげな目つきをするんだ。それが余計に嫌でさ。何で親が兄弟の片方だけにへつらうんだよ。そりゃ、経済的にはまだ助けてあげられなかったけど、俺だって実の子供なのにさ」

長年、仕方がないと諦《あきら》めつつも腹の底に澱《よど》んでいた不満や憤りが、相手が眼鏡であるという気安さからか、妙なタイミングで噴き出してしまったらしい。

ロイドがさすがに返すべき言葉を見いだせずにいるのに気付いて、海里は「悪《わり》ィ」と肩を竦《すく》めた。

「聞き流してくれよ。眼鏡相手に愚痴とか、みっともないにも程があるな」

しかしロイドは、人間の姿であればきっとかぶりを振りながら言ったであろう言葉を発した。

『いいえ、我が主のことでしたら、何でも覚えておきたいと存じますよ』

「こんなことは別にいいって。兄貴に実家から追い出されちゃったから、もう会うこともないだろうしさ。お前には関係ない人たちだよ」

『そうとは限りませんよ。家族の絆《きずな》は、強くもあり、脆《もろ》くもあります。一度切れたらそれきりになる絆もあれば、何度切れても繋《つな》がる絆もあります』

やけに哲学的なことを語り出す眼鏡を、海里はシャツの上からエプロンをつけつつ、面白そうに見下ろした。

「何だよ、それ。前のご主人様の家のことか？」

ロイドはあっさりとそれを肯定する。

『はい。昨夜は、前の主は温かな家庭を築かれたと申し上げました。それは本当でございます。ですが、三人のご子息は皆様、主のお望みに反し、どなたも学者の道にはお進みになりませんでした』

「あー……跡継ぎ、いなかったんだ？」

『はい。前の主は、そのことでご子息がたを責めることは決してありませんでしたが、やはり落胆というのは、伝わるものでございます。後ろめたさからか、ご子息がたは徐々にご実家から足が遠のき……前の主は、ずいぶんと寂しい思いをなさったようでございます』

「なるほど。その頃はまだ、お前、喋《しゃべ》ったり人間の姿になったりできなかったのか」

『はい。当時、口をきけましたなら、主をお慰めすることもできたかと。未《いま》だに残念です。それでも三人のご子息がたの死の床には、前の主が必ず立ち会い、最期を看取られたのです。切れたように思われた絆でも、糸一本でも繋がっていれば、また太く縒《よ》り合わせることができましょう』

「ふーん。ま、そういう素敵な親子もあらあな」

投げやりな口調でそう言い、海里は眼鏡スタンドからロイドをヒョイと取り上げた。ワークシャツの大きめの胸ポケットに、しっかりと眼鏡を収める。

『おや、これでは視界が酷《ひど》く狭《せも》うございますね』

早速不平を述べる眼鏡の、僅《わず》かに飛び出したフレームを指先でパチンと弾《はじ》き、海里はツケツケと言った。

「我慢しろよ。さっきスマホでちょちょっと調べたけど、セルロイドって熱に滅茶苦茶《めちゃくちゃ》弱いって書いてあったぞ」

『……ああ、それは確かでございますね。大昔、前の主がわたしを煙草で少し溶かしてしまわれたことが……つるの部分を交換する大ごとになりました』

「だろ?」

得意げに、海里は鼻の下を擦《こす》る。

「俺の仕事は定食屋の店員なんだからさ。火を使うだろ。Tシャツに引っかけるだけじゃ、落ちやすいし、油も飛ぶし、危ないじゃん。身につけてなきゃいけないんなら、せめてポケットにしっかり入っとけ。どうしても見たいもんがあれば、小声で催促すりゃいいだろ」

『おお……我が新しい主が気立ての優しいお方だとは存じておりましたが、軽薄な見かけに寄らず、たいそう思慮深いお方でもあったとは。このロイド、感動致しましたぞ。この上は、ますます心を込めてお仕え……』

「もういい。話が長すぎるっつってんだろ。だいたいお前、お仕えするとか低姿勢なこと言うわりに、何で視線だけは常に上からなんだよ!」

そんなジャブの応酬のような会話を経て、今、海里とロイドは初めて共にカウンターの中にいた。

無論、お喋りであるらしきロイドを牽制《けんせい》すべく、海里は先手を打って、「仕事中は無駄に喋るな」と釘《くぎ》を刺してある。そのおかげもあってか、開店以来、ロイドは一言も声を上げてはいない。

夏神は、接客を海里に任せ、黙々と調理に励んでいる。

今日の日替わりメインは、鯵《あじ》と茄子《なす》のフライである。鯵はゼイゴを取って三枚下ろしにし、腹骨をそぎ取るところまでは普通の下処理だが、客が小骨を一切気にせず食べられるようにと、夏神はさらに、真ん中の小骨が並ぶ部分を避けて半身を二つに切り離す。

一人前には小さめの鯵を一尾使うので、スティック状の鯵フライが四本出来上がることになり、なかなかのボリュームである。

それに、皮を剝《む》いてやはり棒状にスライスした茄子のフライを二つつけ、山盛りの生野菜と茹《ゆ》でモヤシのカレー味、白菜の煮浸しに味噌汁《みそしる》とご飯を添えれば、実に充実した、バランスのいい定食の出来上がりだ。

その日の日替わりメニューが決定すると、夏神はそれを小さなホワイトボードに書き付け、夕方までに引き戸にぶら下げておく。

客の中には、事前にメニューをチェックしておいて、気に入れば夜、改めて店を訪れるという人もいるらしい。

そして、鯵フライというのは、やはり人気のメニューなのだろう。開店直後から次々と客が訪れ、夏神も海里も仕事に追われた。

ようやく客の流れが落ち着き、店内にいる客たちにはすべて料理を出し終えた頃、夏神は冷蔵庫を覗《のぞ》いてこう言った。

「イガ、茄子が切れた。新しいのを一つ切って、衣をつけといてくれ」

「了解っ」

夏神の何げない指示に、海里は飛び上がりそうに弾んだ声で返事をした。

まだ、調理のごく一部しか手伝わせてもらえない海里にとっては、この忙しさは絶好のチャンスである。

最初こそ慣れない乾物を持ち出されてしくじったが、ハンバーグの生地で、夏神に少しは見直してもらえたはずだ。

フライなら番組の中で何度も作ったことがあるので、ここで一気に評価を上げ、もっと調理にかかわれるようになりたい。

別に、テレビで料理コーナーを持っていたという過去の栄光に縋《すが》りたいわけではない。ただ、あの頃、たとえお世辞交じりだったとしても毎日聞いていた「美味《おい》しい！」という声を、もう一度聞きたいと思ってしまうのだ。

自分が一から十まで作った料理を出し、客に旨《うま》いと言わせることができたなら、失ったプライドのほんの一欠片《かけら》でも、戻ってきてくれるような気がする。

海里はころんとした米茄子を取り出し、ピーラーで皮を剝いた。そして素早く切り分けて、たっぷりの水につけてアクを抜く。

それから海里は、さっき夏神が茄子用に作っていたのを見て覚えた衣作りに取りかかった。

「鰺は、粉をはたいて卵をつけてパン粉っちゅう流れが、衣が薄付きになって旨いんやけどな。茄子は……特に米茄子は水気が多うて柔らかい。せやから、衣を厚めにしてカリッときつめに揚げたほうが、食感にコントラストがついてええねん」

夏神はそう言って、小麦粉と水、卵、それにほんの少しの酢を目分量でざくざく混ぜて、衣を作っていた。

海里もそのときにボウルに入った材料の量を思い出しながら、適当に混ぜてみる。

やや水っぽくなってしまったので粉を足し、今度はネバネバしてきたので水を足し……とやっていたら、思ったより大量の衣が出来てしまったが、盛況の今夜なら、無駄にはならずに済むかもしれない。

（そう、大目に作っとけば、いちいち作り直さずに済むし！）

そんな自分に大甘な言い訳をしながら、海里は茄子を水から引き上げ、綺麗《きれい》な手拭《てぬぐ》いで水気を拭《ふ》き取り、衣に投入した。

ドロドロした衣を茄子にまんべんなく絡めて、余分を振り落とし、それからパン粉のバットに置く。乾燥パン粉をくっつけて完成……と思いきや、揚《あ》げ鍋《なべ》の前を離れた夏神が、ツカツカとやってきた。

「そないガチガチにパン粉を押さえつけたらあかん」

「へ？　だって、しっかりつけとかないと揚げるとき、剝《は》がれたりするじゃん？」

海里は不服そうに反論したが、夏神は「違《ちゃ》う」と短く言うと、茄子を一切れ衣から引き上げ、パン粉の上に置き、周囲のパン粉をたっぷり側面や上に寄せた。それから、大きな肉厚の手のひらで、実に優しく茄子を押さえた。

「こうや。ぎゅうぎゅう押したら、茄子の組織が潰《つぶ》れてしまうやろ。そうやのうて、やさしーく、しっかりや」

「それ、夏神さんの手だからできることなんじゃ……」

「そう思うんやったら、お前も早《はよ》う料理人の手になれ。今はまだ、モテ男の手やで」

そう言ってニヤリと笑うと、夏神はサッと手を洗い、鍋の前に戻る。

「くっそ〜！」

客の前なので押し殺した声ではあったが、海里は顔をうっすら紅潮させ、悔しげに唸《うな》った。

海里とて、キャベツの千切りを密《ひそ》かに特訓して指を傷だらけにしたことがあるし、フライの油が跳ねて、火傷《やけど》したこともある。モテ男の手と貶《けな》されたのは実に心外だが、自分が衣をつけた茄子と、夏神がつけたものを並べてみると、違いは一目瞭然《いちもくりょうぜん》だ。

乾燥パン粉にもかかわらず、夏神がつけた衣は、ふんわり柔らかな感じがするのだ。

それに対して、海里がつけたパン粉は、まるで「武装」と言いたくなるような固さがある。

それだけ、海里が柔らかな茄子を、無駄に強い力で押さえてしまったということなのだろう。

『経験の差とは、恐ろしいものでございますねえ』

ふと胸ポケットの中から、小さな声でロイドが囁《ささや》く。

「追い打ちかけてんじゃねえよ」

ヒソヒソと俯《うつむ》いて毒づきながらも、海里は新しい茄子の一切れをパン粉の上に置いた。優しく……と呟《つぶや》きながら、さっき夏神がしていたとおり、寄せたパン粉で茄子を抱き締めるように包み込む。

そろりと手を離すと、なるほど、夏神のものほどではないにせよ、さっきよりずっとふんわりとパン粉をまとわせることができた。

「あ、わかってきたかも」

海里は胸を弾ませ、次々と衣をつけていった。

料理コーナーを担当していた頃、フードコーディネーターや料理研究家が指導を担当してくれていたが、やはり芸能人の片手間仕事と思われていたのだろうか、面倒な作業は前もってすべてアシスタントがやってくれていた。

何をしても「そうそう、上手」と適当に褒められるだけで、こんな風に短く的確にコツを教わるようなチャンスは、これまでなかったのだ。

「ほんの小さなことで、出来上がりが変わってくるんだな……」

料理の難しさ、奥深さを今さらながらに実感しながら、海里は茄子一つ分の衣をつけ終わり、夏神のもとへ運んだ。

「出来ましたっ」

夏神は揚げ油から沈んだパン粉を掬《すく》い上げて捨てながら、ギョロ目を面白そうに瞬かせた。

「何や、初めて敬語やな」

海里は照れ臭そうに笑って、アルミのバットを差し出す。

「だって、初めて料理を教えてもらったからさ。もう、上司っていうより、俺の先生だろ」

「なるほどなあ。せやけど、一瞬か」

「ずっと敬語でもいいけど、なんかめんどくさくね？」

「確かにな。まあ、リスペクトは受け取ったわ」

そう言いながら、夏神は茄子を二切れ取り、油に放り込んだ。

「ええか、茄子はすぐ火が通る。せやから、茄子を料理するっちゅうより、衣を料理するんや。魚より高い温度で、衣にしっかり揚げ色をつける」

「なるほど」

夏神の隣に立ち、海里はふんふんと頷《うなず》く。

やがて濃い目のきつね色に仕上がった茄子を油切り用のバットに上げた夏神は、菜箸《さいばし》でそれを味見用の小皿に取り、海里に差し出した。

「食うてみ」

「へ？　俺用？」

「お前が衣つけた最初の奴は、ちょっとお客さんには出されへんからな。勉強のために食うとけ。左がお前の、右が手本に見せた俺のや」

「マジで？　揚げた後でも、見てわかるもん？」

「当たり前やろが」

「すげえな」

　またしても感嘆し、夏神に心からの尊敬の眼差《まなざ》しを向けて、海里は二つの茄子フライにサラリとしたウスターソースを回し掛けた。まずは自分が衣をつけたフライ、次に夏神がつけたものを食べてみる。

　確かに、外見にさほどの差はないのに、仕上がりがまったく違う。

「俺の奴は、茄子どこ行った状態になってる！　衣ばっかり……。だけど夏神さんのは、すっげージューシー。とろけそうだけど、茄子、ちゃんといる！」

　驚きに満ちた海里の感想に、夏神は得意げに「せやろ」と頷いた。

「繊細な食材は、丁寧に扱ってやらなあかんで。基本がスカスカやな、お洒落《しやれ》料理名人」

「く〜〜！」

　ポンと肩を叩《たた》かれ、海里は悔しそうに歯嚙《はが》みするが、紛れもない事実を目と舌で確かめてしまった以上、ぐうの音も出ない。

　しかも夏神の顔に浮かんだ笑みは温かくて、海里を苛《いじ》めたり、貶《おとし》めてやろうと思っているわけではないとわかる。

「夏神さん、すげえ。そんで料理、マジすげえ」

だからこそ、海里の口から、そんな素直な言葉が漏れた。夏神は、目尻《めじり》にくっきりした皺《しわ》を寄せて、笑みをいっそう深くする。

客は皆テーブル席にいるので、小声で話している限りは、客に二人の声が聞こえることはないだろう。彼らはそのまま、ヒソヒソと会話を続けた。

「ホンマにな。俺もまだ修業中やけど、基礎中の基礎くらいは、教えたれるで。お前が望むんやったらやけど」

そう言った夏神は、海里が答える前に、素早くこう付け足した。

「ああいや、せやけどお前は、行くとこがのうてここにおるだけやもんな。芸能人として、しっかりやっとったんや。元の職場に戻れるんがいちばんええ」

「え……あ、いや」

「俺は別に、お前を料理人にしたいんと違うんやで。無理して料理の勉強はせんでええ。ただ、お前がきつい目に遭《お》うたこと、聞いてしもたからな。料理でもしたら、ちょっとは気ぃが紛れるかと、つい勝手に」

夏神は珍しく饒舌《じょうぜつ》に言い募ろうとしたが、海里は慌ててそれを遮った。

「勝手にじゃない！　俺、ここに来たのはドサクサだったけどさ。店を手伝うのは、別にいやいやじゃなかった。その……最初はテレビで料理コーナーやってたし、人気もあったし、定食屋の仕事くらい簡単だって思ってた」

エプロンで汚れた手をゴシゴシ拭きながら、海里は恥ずかしそうに告白した。

「でも、最初の日にガツンとやられたじゃん？　高野豆腐も切り干し大根も知らねえって」

「あれはまあ、考えてみたら、若い奴は使わん食材やったわな。そんなつもりはあれへんかったんやけど、苛めたことになってもうたん違うかって、少し反省しよったんや、後で」

「んなことないって！　あそこでプライドをベキッと折られてよかったんだよ、俺。それでも夏神さん、もっぺんチャンスをくれたし。サラダの盛りつけとか、あと、ハンバーグの生地、しぶしぶでも作らせてくれたじゃん？　あれ、じゃあもしかして」

「乾物で、お前を苛めてしもた罪滅ぼしもあったんや。そら、作らせてアカンかったら、俺が作り直さなと思とったけど、上手《うま》いこと作ったやんか。それにお前、えらい誇らしそうな顔しとった」

「うん。……マジで嬉《うれ》しかった。なんかかっこ悪いこと言うけどさ、俺、芸能人やってたときは、ファンの子をハッピーにするのが俺の仕事だって思ってた。ミュージカルのときはお客さんを、料理コーナーやってたときは、それこそ全国の皆さんを」

「おお、大きゅう出たな」

真顔で突っ込まれて、海里はますます恥じらう。

「なんか、自分を異常にビッグだと思ってたかもなあ。ミュージカルに出て、女の子たちにきゃーきゃー言われて、そっからずっと勘違いしてた気がする。あんなことがあって、芸能界を突然放り出されて、やっと、現実の俺は凄《すご》くちっぽけなんだって気付いた。いや、違うな。ホントはビッグな俺が、理不尽に抑えつけられて、小さくされたって感じてたのかも。すっげえ勘違いだよな。あー、超恥ずかしい」

「まあ……アレや。……華やかな世界におったら、勘違いするんはお前だけ違うやろ」

「サンキュ」

夏神の無骨な慰めに礼を言い、海里は照れ隠しのようにピッチャーを手にした。客席を回って水を注ぎ、猫のように静かに戻ってきて、夏神に密《ひそ》やかに告げる。

「俺、東京からこっちに帰ってきても、イメージの俺と現実の俺が違いすぎて、凄く惨めだったんだ。……だけどここに来てさ、店を手伝ってるうちに、久しぶりに地に足がついたっていうか、俺は最初からこの程度だったんだ。もてはやされて勘違いしてたけど、誰のせいでもない、いつかはこうなったんだって思えるようになった」

そんな海里の告白に、夏神は何か言葉を返そうと口を開いた。だが、言葉が零《こぼ》れる前に、二人の間で、ズビッ、という妙な音がした。

夏神と海里は、同じタイミングで海里のシャツの胸ポケットに視線を落とす。

もう一度、ズビッ、と洟《はな》を啜《すす》る音がした。間違いなく、ロイドが眼鏡のまま、二人の話にもらい泣きしている。

「お、おい。眼鏡のままで泣くのかよ。お前、滅茶苦茶《めちゃくちゃ》器用だな」

海里は慌ててロイドをポケットからひき抜いたが、予想に反して、眼鏡は少しも濡《ぬ》れてはいなかった。

『お二方のお話を聞いて、あまりにも美しい師弟愛に涙が零れたのでございます。いえ、正しくは、心で泣いているのでございます』

「……ますます器用や」

海里も夏神も、揃って呆《あき》れ顔《がお》になった。だがロイドは、こう続けた。

『それより、何やら、あなた方よりわたしに近い者が現れたようですね』

「！」

海里はギョッとして、いつもの場所……入り口にいちばん近いカウンター席のほうに身体を向けた。

(いた……！　また来てくれた！)

そこには、さらに存在が薄くなった青年の幽霊が、いつものようにぽつんと座っていた。カサリとも音を立てず、身動きもせず、ただ無表情に俯《うつむ》いている。

幸い、今夜は霊感の鋭い客はいないらしい。テーブル席にいる人々は誰も、幽霊が来たことにも、カウンターの定席に座っていることにも、気付いていない様子だった。

『この店には、幽霊の常連客もいるのですね』

大真面目な口調でロイドは言う。

「いいから、お客さんがみんな帰るまで黙ってろ」

『御意』

いかにも芝居がかった返事をして、ロイドは黙り込む。

「皿、今の内に洗っとく」

今夜こそ、幽霊の青年とさらなるコンタクトを取ってみたいところだが、とにかく客が店内にいなくなるまでは何もできない。逸《はや》る心を抑えるように、海里は夏神にそう言って、シンクの前に立った。

「……おう」

その一言と何か思い詰めたような表情で、色々と察したのだろう。夏神はさりげなく外に出ると、「営業中」の札を「本日売り切れ閉店」と入れ替えたのだった。


そんなこととは知らない海里は、夜の十時過ぎ、店内に客がいなくなると、カウンター越しに幽霊の青年と向かい合った。

「なあ！　昨夜、俺の顔を見て、俺の声を聞いて、俺の真似したろ？　『ディッシー！』ってさ。あっ」

昨日よりはずっと控えめに、しかしその分、青年の顔に自分の顔を近づけて、海里はかつての決めポーズと決め台詞《ぜりふ》をもう一度再現してみせた。

やはり、青年のお面のような無表情が揺らぎ、虚《うつ》ろな目にほんの少し力が戻ったのがわかる。青年は、ずっと膝《ひざ》の上に置いていた右手を、昨夜ほどではないにせよ、軽く上げてみせた。

「やっぱり……。やっぱりお前、俺のこと知ってるんだな。俺の料理コーナー、見てくれてたんだよな？」

海里は咳《せ》き込むように問いかけたが、青年の首は、ゆっくりと項垂《うなだ》れていく。ただ、カウンターの上にぱたりと落ちた彼の右手から、カウンターの木目模様が透けて見えた。

それを見て、海里の眉《まゆ》が曇る。

「おお、この幽霊は、もはや消えかかっていますね。今夜ではないにせよ、明日《あした》の夜か、明後日《あさって》の夜か……近いうちに、消えましょう」

不意に、傍らで痛ましげな声がした。見れば、いつの間にかロイドが人間の姿になっている。海里は、青い顔でロイドをカウンターの反対側に引っ張っていき、囁《ささや》き声で問い詰めた。

「消えるって、どういう意味なんだ？　この世に心残りがある人間が、幽霊になるんだろ？」

「まあ、たいていはそうでございますね。強い未練、執着、恨み、悲しみ……何にせよ、この世に強い想いを遺《のこ》した人間が、そのまま現世を去りがたく、命を落とした場所の近辺をうろうろ彷徨《さまよ》ってしまう。それが幽霊というものでございましょう」

ロイドの説明は、常に話の長い彼にしては、実に簡潔だった。海里は押し殺した声で問いを重ねた。

「それが薄くなって消えてくって、どういうことなんだ？　想いが薄れるってこと？

この世に居残った理由が、もうどうでもよくなるってことか？　消えるって、幽霊にとっては安らかなことか？」

そうであってほしいと願う気持ちがこもった問いかけに、出会ったときから……彼曰《いわ》くの「眼鏡生最大の危機」にあっても常に飄々《ひょうひょう》としていたロイドが、初めて甘やかな顔を歪《ゆが》めた。

どこかつらそうに、言いにくそうに、彼は数秒の沈黙を経てから、実にエッジの鈍い口調でこう言った。

「恐れながら、我が主《あるじ》。幽霊の消滅は、人間の眠るような死とは違います」

夏神も、たまらず会話に割って入る。

「どういうことや？　未練が薄れるから、姿も薄れるんと違うんか？」

ロイドは目を伏せ、小さく嘆息してからかぶりを振った。

「いいえ。肉体を失った魂は、いかにこの世に想いを遺そうとも、長く姿を保つことはできないのです。何一つ報われぬまま、手に入れられぬまま、ただ、強い想いを抱いたまま己《おの》が魂が崩れ、塵《ちり》と化していく刻々を味わうしかありません。たとえるならば……」

「たとえるなら？　何だよ、勿体《もったい》つけんなよ」

海里の声は上擦っていた。三人の話になど興味がない様子で黙然と座っている幽霊を見やり、それからロイドに視線を戻す。

苦痛に耐えるような低い声で、ロイドは囁いた。

「たとえるならば、生きながら、つま先より獣に食われるようなものでしょうか。徐々に虚無が己を食《は》んでいくのを、おそらくは最期の瞬間まで味わい続けて消えるのです」

「そんな……」

まるで託宣のような言葉を受け入れがたくて、海里は、今度こそロイドの襟首を鷲摑《わしづか》みにした。ロイドに罪がないのはわかっていても、「生きながらつま先より獣に食われる」という彼のたとえは、あまりにも恐ろしく、衝撃的だったのだ。

「冗談じゃねえぞ。じゃああいつ、何も見てない、何も考えてないみたいな顔して、ここに来てる間ずっと、ホントは苦しんでるのか？」

ロイドは主の蛮行を咎《とが》めようともせず、たださされるがままになりながら、つま先を軽く浮かせ、瞬きで頷《うなず》いた。

「わたしは幽霊になったことがありませんし、前の主は安らかに亡くなったので、幽霊にはおなりになりませんでした。ですが……幽霊とはさようなものだと、前の主より聞き及んだことがございます。前の主の専門は、中国の古い巫術《ふじゅつ》でございましたゆえ、魔の類《たぐい》にはたいそう詳しいお方でした」

「……じゃあ、ホントは違うのかも？」

「いえ、今、付喪神……でしたか。そのようなものに己がなってみると、あの幽霊を見ると感じるのでございます。彼の、態度に表せぬ悲嘆を。徐々に己の存在を諦《あきら》めねばならない悔しさを」

海里の両手から、ゆっくりと力が抜けていく。襟元を直しながら、ロイドは同じくらいの身長の海里の顔を、自分の顔を幾分斜めにして覗《のぞ》き込んだ。

「我が主よ。あなた様は、あの青年の哀れな魂を救いたいと思っておられる。何故です？」

夏神は、そっと二人から離れ、スツールに静かに腰を下ろした。自分がかかわるより、今の話は海里とロイドの二人に任せておいたほうがいいと判断したのだろう。

海里は、つい最近まで自分が身を置いていた世界について、短くロイドに語った。

突っ立ったままじっと耳を傾けていたロイドは、ああ、と深く頷く。

「なるほど、我が主は心優しきお方。わたしを助けてくださったように、あの若者に救済を与えたいと願っておられるのですね」

海里は戸惑い顔で首を振る。

「救済とか、そんな大層なもんは無理だよ。だけど、せめて安らかに消えさせてやることって出来ないのか？」

しばらく考えてから、ロイドは真剣な面持ちで答える。

「彼の心残りは、彼の死により、決して果たされぬこととなりました。ですが、せめて温かなもの、暗い念を中和するような幸せな想いで彼の心を満たすことができたなら、あるいは」

「どうやったら、その温かなものとか、幸せな想いとかをあげられる？　俺はあいつが俺のファンだったってことだけしか知らない。どこの誰かも知らないし、それを知ったところで、何をしたらあいつが幸せに思うかもわかんないだろ」

「…………」

再び、思慮深い表情で、形のいいこめかみに片手を当てて考え込んでいたロイドは、やがて手を下ろし、真っ直ぐに海里を見つめた。

「な、何だよ、急に真面目くさった顔になったりして」

「いつもにやけているように仰《おっしゃ》らないでください。わたしの命を救ってくださったお礼が、ささやかながらできるかもしれません、我が主よ。これまで一度も試したことがないので、上手《うま》くいくかはわかりませんが」

海里の涼しげな瞳《ひとみ》に、熱がこもる。

「お前が力を貸してくれるってことか？」

ロイドは頷き、右手を胸元に恭しく当てた。

「微力ながら。……わたしが眼鏡に戻りましたら、まずはレンズを外してください。両目ともです」

「だけど、前のご主人の目に合わせたレンズなんだろ？　大事なものなんじゃ……」

海里は躊躇《ためら》ったが、ロイドは微笑してかぶりを振った。

「いいえ。前の主はもうこの世にはいらっしゃいません。あの方の目にしか合わないレンズは、もはや用をなさないものです。そう難しくはありません。ゆっくりとレンズの中央を親指の腹で押していただければ、外れます」

「出来るかな。そんなこと、やったことないよ」

「大丈夫です。我が主でしたら、何の問題もなくお出来になります。そうしたら、わたしをお掛けになり、あの青年の顔を見てください」

「お前を掛けんの？　俺が？　丸眼鏡を？」

いささか嫌そうに顔をしかめた海里に、ロイドは酷《ひど》く傷ついた表情になる。

「何とも情けないことを仰る。あの青年を助けたいと思っておいでなのではないのですか？　大丈夫、きっとお似合いでございますよ」

「う、うう……うん」

「青年に、あなた様が今抱いておられる想いを、正直にぶつけてください。その上で、彼があなた様に救われたいと思ったならば、彼は秘めた想いを開くでしょう。それをあなた様が見られるよう、わたしがお助け致します」

「あいつの……心が見える？」

「おそらく。そうすれば、あの青年のため、あなた様が何ができるかも、おのずとわかろうというものです」

海里は身体を捩《ねじ》って、ロイドと青年の顔を幾度か見比べ、それから頷いた。

「わかった。頼む。力、貸してくれよ」

「かしこまりました。では、あとはよろしくお願い致します」

そう言うが早いか、ロイドは眼鏡の姿に戻り、海里のシャツの胸ポケットに潜り込む。

「……頑張れよ」

夏神は、少し不安げな海里に向かって、飴《あめ》を舐《な》めながらただ一言をかける。

「うっす」

深呼吸して気を落ち着かせると、海里は眼鏡を取り出した。

「親指の腹で押す……ってことは、内側からだな。真ん中から、ゆっくり……おわ！」

少し怖かったが、指の腹にジワジワと力を込めていくと、レンズは意外とあっさり外れた。どうやら、力を加える場所とタイミングにコツがあるようだ。

ドキドキしながら二枚のレンズを外すと、海里はすっかり軽くなったフレームだけの眼鏡を、慎重にかけてみた。

「……わははは、似合《にお》うとんで」

容赦なく笑う夏神を、海里は恨めしげに睨《にら》む。

「全然心がこもってねーし！　くそっ、絶対、鏡なんか見ねえからな！　つか、レンズ外しても大丈夫か、ロイド？」

『わたしのことはご心配なく、我が主。幸運を、お祈り致しております』

すぐ耳元で囁《ささや》かれているように、出会ったときより温かみの増したように思われるロイドの声がした。

「ありがとな」

囁き返して、海里は幽霊の青年にゆっくり歩み寄った。カウンターの中から上半身を乗り出し、ふとそうしたほうがいいような気がして、卓上に置かれたままの青年の右手に、自分の左手を重ねてみた。

（あ、触《さわ》れる）

まずは、幽霊に触れることに驚いた海里だが、人間に触れたときとは、まったく感触が違っていた。

とにかく、冷たい。

氷の塊を触っているように、肌が痺《しび》れるほどの冷たさを感じる。そのくせ、綿菓子に手を突っ込んでいるような儚《はかな》い触り心地しかしないのだ。

これまで味わったことのない違和感を覚えつつ、海里は青年の心に届くように、ゆっくりと言ってみた。

「なあ。お前、俺のファンでいてくれたんだろ？　俺の料理コーナー、見てくれてたんだよな？　すっげえ嬉《うれ》しいよ。……俺は、お前がどうして死んだのか、知らない。お前が、幽霊になっちまうくらい、この世にどんな想いを引きずってんのかも知らない。でも……お前が今、ひとりぼっちで凄《すご》く苦しんでるってことは、知ってる」

『…………』

青年は何の反応も見せないが、海里は構わず、熱っぽい口調で話し続けた。

「ここに通ってくるってことは、誰かに助けてほしいんだろ？　でも、お前自身も、どうすれば助けてもらえるのかわかんないんだろ？　……ファンでいてくれたお礼に、俺が、お前を助けたい」

『………』

助けたいという言葉に微《かす》かに反応し、青年はゆるゆると顔を上げた。この機を逃してはいけないと直感し、海里は畳みかけるように言葉を重ねた。

「そんなこと言っても、何が出来るか、ホントに助けられるかはわかんねえ。でも、努力はさせてくれないかな。お前のためっつーより、俺のために。お前のこと、俺に教えてくれないかな」

青年の生気のない瞳を見据えたまま、海里は一息に喋《しゃべ》り終える。

だが、青年は何の反応も示さない。

（くそ、やっぱ駄目か……？）

海里の心が不安に揺れ始めたとき、彼は、青年の目にほんの少しだけ、光が戻った気がした。

「あっ……？」

気のせいかと思ったが、確かに、青年の目に意思の光が宿りつつある。彼は、自分の意志で、海里の目を見つめ返してきた。

そして、半ば透けてしまった青年の右手が海里の手の下でゆっくりと動き、海里と指をゆっくりと組み合わせる。

やはり、雲に触れているような軽い感触しかないのだが、それでも確かに、青年は海里に触れていた。

「お前……あ……これ、は……？」

海里は息を呑《の》んだ。

不思議に歪《ゆが》んだ、音のない、切れ切れの映像が、ちら……ちら……と目の前を過《よぎ》り始めたのだ。

レンズが入っていないはずの眼鏡が、その映像を彼に見せている。

つまり今見ているのは、おそらく青年の生前の記憶だ。彼の心に今なお焼き付いている、現世への執着そのもののはずだ。

それに気付いて、海里は全身の神経をそこに集中させた。

（ああ……俺、この緊張感知ってる。ミュージカルの初日……いちばん最初に舞台に上がったときと同じだ。未知の世界に足を踏み入れるときの、ゾクゾクする感じだ）

海里の心に、そんな想いが浮かぶ。懐かしさと緊張感が、同時にこみ上げてきた。

（頼むぜ、ロイド）

そんなことをしても意味はないのかもしれないが、目を見開き、繋《つな》ぎあった手に力を込める。青年の手の甲に指がめり込むような感覚があったが、気にしてはいられなかった。

（ああ……見える）

古い無声映画を見ているような断片的な映像でも、彼がどんな人生を送ってきたのか、海里には痛いほどわかった。

彼を取り囲んで、おそらくは悪口や罵倒《ばとう》の言葉を口にしているのであろう、学生服の少年たち。

汚物に汚された靴。破られたノート。顔に近づけられる雑巾《ぞうきん》や火の付いたマッチ。

映像は突然白黒になったり、激しく乱れたり、そうかと思えばどぎつすぎる色彩になったりする。それは、当時の青年の心模様を反映しているのかもしれない。

暴力を思わせる映像がしばらく続いた後、そこからは、墨絵のようなとろんとした重い空気が支配する光景が続いた。

狭い室内。引いたままのカーテン。

布団、天井、部屋の隅っこから見上げた本棚。

通販書店のダンボール箱、テレビ、テレビ、テレビ、雑誌、テレビ……。

部屋を覗《のぞ》いては、暗い眼差《まなざ》しで出ていく大人たち。扉の隙間から覗き見た、泣いている母親らしき女性の姿。

（つまり、中学か高校で苛《いじ》められて、引きこもったってことか。マジで家から出てない感じだな。きっついな、これ……）

青年がかつて置かれた状況がリアルに胸に迫って、海里は息苦しさに咳《せき》をした。だが、次の瞬間、彼の心臓はドキンと胸壁に衝突する勢いで打った。

テレビの画面で、笑顔をふりまいていたのは……海里だった。

スタイリストに頼んで、オーダーしてもらったコック服とコック帽。メーカーとコラボした、洒落《しやれ》たデザインの鍋《なべ》や包丁。

青年の、灰色に澱《よど》んだ部屋の中で、海里だけが鮮やかな色合いで輝いていた。

必要以上にフライパンを大きく煽《あお》るアクションは、海里のお得意だった。ブランデーを注いでのフランベ、わざと油を跳ねさせて、あちち、と言って女性たちにアピールする仕草、そして……出来上がった料理を皿に盛り、「ディッシー！」という例の馬鹿馬鹿しい決めぜりふと共に、皿をカメラに向かって突き出す仕草。

（……恥ずかしくて死にてえな……）

海里は顔にかあっと血が上るほどの羞恥《しゆうち》を覚えた。

調子に乗った自分、というのは、これほどまでに恥ずかしい存在なのだろうか。

いかにも何から何まで自分で作ったような顔をしているが、野菜を綺麗《きれい》に切りそろえてくれたのも、調味料を調整してくれたのも、盛りつけを撮影用に直してくれたのも、全部他人だ。それなのに、何故、自分はこんなにも得意げな顔をしているのだろうか。

（だけど……そんな俺を、こいつは素敵だって思ってくれたんだ。俺の姿が……俺だけが、こいつには輝いて見えてたんだ。こんなに眩《まぶ》しく）

初めて、ファンのむき出しの心に触れて、羞恥と同じくらいの感動が、海里の胸を満たす。

だが、またしても画面が変わった。

今度は、白っぽい世界だ。

水道つきのシンクと、テーブルがいくつも並んだ、広い部屋。教室のようだ。

(理科の実習室か？　いや、……調理実習室……あ、調理師学校だ！　ああ、そういうことか)

海里は呆然《ぼうぜん》とした。

海里に憧《あこが》れ、青年は料理人を目指したのだ。きっと何年も閉じこもっていた部屋から再び外の世界に踏み出す勇気を、この青年は海里から得たのだ。

(俺が……こいつの人生を変えた……？)

初めての実感に、胸が熱くなる。

しかし……彼の調理師への道は、あまりにも険しかったらしい。

テキストの最初のページに載っている料理の品目は、だし巻き卵。

和食のコースなのだろう。教室の一番前で、平たい帽子を被《かぶ》った、いかにも料理人然とした初老の男性が、レクチャーをしている。

そして、広い教室で、皆がいっせいにだし巻き卵を作り始める。ボウルに溶かれた卵の黄色、まだ真新しい、銅製の卵焼き器、長い菜箸《さいばし》。

明るい色彩は、彼の心の中に芽生えた希望そのもののみずみずしさだった。

（何だよ。すっげえ楽しそうじゃん。……あ）

「ああ……あ」

思わず、海里の薄く開いた唇から、呻《うめ》き声が漏れた。

画面はまた、極彩色に転じた。彼が激しい苛めを受けていたときの、あの毒々しい色合いだ。

紫やショッキングピンク、蛍光グリーンに彩られているのは、鬼の形相になった、あの和食の講師だった。

きっと、厳しい指導がなされたのだろう。

皿の上の、形の崩れただし巻き。また、違う形に崩れただし巻き。次は焦げただし巻き。

無残に失敗しただし巻きが、次から次へとスライドを送るように映し出される。

その合間に挟まる、講師の怒り顔、同級生たちの呆《あき》れ顔《がお》、テーブルに落ちる涙、火傷《やけど》を負った指……。

目が痛くなるようなどぎつい色は突然消え去り、最後に一瞬映ったのは……彼がかつて閉じこもった自室とおぼしき部屋……そのクローゼットの取っ手に結びつけ、輪の形状にした電気コードだった。

「や……めろ、って」

海里は、掠《かす》れた声を漏らす。

何が起こったか、直感的に彼は理解していた。

希望を持ったのも束の間、講師の厳しい叱責《しっせき》に、苛《さいな》められた記憶がフラッシュバックしたのだろう。そして、絶望した彼は、自室で首を吊《つ》った……。

そう確信するのとほぼ同時に、重いシャッターが目の前で突然落ちたような衝撃が海里の全身を襲い、視界が暗転する。

「……が……イガッ！」

気付けば海里は床に尻餅《しりもち》をついており、血相を変えた夏神が、背後から海里を抱き起こしていた。おそらく、昏倒《こんとう》しかけた海里を、危ういところで夏神が受け止めてくれたのだろう。

「あ……だ、だい、じょうぶ。あいつ……は？」

呼吸が乱れ、鼓動が速くなりすぎて苦しい。それでも海里は、夏神の腕を借り、ヨロヨロと立ち上がろうとした。

「おい、無理すんな。とりあえず、座れ。幽霊やったら、お前がひっくり返ったんと同時に消えた」

そう言って、夏神は海里をスツールに座らせ、ひっくり返らないように、自分は彼の背後に立つ。

「はあ……消え、た……!?」

『大丈夫、本当の意味で消滅したのではありません。ただ、ここから去っただけです』

「そっか……よかった」

ロイドの説明に安堵《あんど》しつつも、全身の恐ろしいほどの疲労感に、海里は目を閉じた。

鼻の上にずっと感じていた眼鏡の重みが消えたと思うと、今度は上のほうからロイドの静かな声が降ってくる。

「申し訳ありません。わたしとしても初めての経験でしたので、繋いだ記憶の切り時を見極められませんでした。生きながら、他者の死を体験するのは、さぞおつらかったことかと」

そんな労《いたわ》りの言葉と共に、ロイドのシャツ越しでも冷たい手が海里の肩に置かれる。

「や……ありがとな。見えた。って言っても……きっとあいつの人生のごく一部なんだろうけど……あいつが、つらいことばっかりの生活の中で、俺に……俺なんかに憧れてくれたことだけはわかった……」

夏神は、海里の口元に、水を注いだグラスをあてがう。ごくごくとすべて飲み干し、海里はようやく長い息を吐いた。

死の淵《ふち》から戻ってきた人は、皆、こんな脱力感を体験するのだろうか。

上半身を夏神のたくましい胸に預けて、海里は二人に自分の見た光景について話した。

夏神は何も言わなかったが、ロイドはあまり大きくない目をさらに細め、「ご立派でした」と言葉少なく海里を褒めた。

どうでもいいときには饒舌《じょうぜつ》なくせに、肝心なときには言葉が出てこないらしい。ロイドのそんな意外な不器用さに気づき、海里は目を開け、ちょっと笑った。

「もっと讃《たた》えてくれてもいいんだぜ。……あいつ、きっと不登校や引きこもりや、せっかく行った調理師学校ですぐに挫折《ざせつ》したことや……結局、何もやり遂げられないまま自殺したことが心残りで、幽霊になっちまったのかな」

「そうかもしれません。彼の心と、ほんの短い間でも繋《つな》がったあなたがそう感じるのならば、おそらくそうなのでしょう」

両手を後ろで組み、恭しくそう言ったロイドを、海里はまだ青白い顔で見上げた。

「けど、そんなあいつに、俺は何をしてやれる？　何をしたら、温かい気持ちをあげられるんだろうな」

「彼の人生を知ったあなたが、彼のために出来ると思うこと、してあげたいと思うことを素直に実行なされば、それがお二方にとって最上のことかと」

ロイドの助言は、とても哲学的、抽象的だった。しばらく考えた海里は、重い瞼《まぶた》を開き、迷いながらこう言った。

「俺……苛《いじ》められたことないから、苛められっ子の気持ちはわからない。引きこもったこともない。だけど、ミュージカルにしても料理にしても、失敗して、練習しても上手《うま》く行かなかった気持ちだけはわかる。だから……今の俺に出来ることといえば……。そうだな。あいつが上手く焼けなかった、だし巻き卵を作る……？　とか？」

何とも頼りない感じで語尾の上がった発言だったが、ロイドはそれを聞くなり、おお、と端整な顔をほころばせた。

「それは素晴らしいお考えです、我が主《あるじ》。どんな人にとっても、手料理というのは、心温まるものです。それが憧れの人の手によるものなら、なおさらでしょう。前の主も、晩年、亡き奥様の手料理を、ずっと恋しがっておられました」

海里は、戸惑い顔で自分の両手を見下ろした。

「だけど俺、だし巻き卵なんて、作ったことねえし。フッーの卵焼きですら、オンエア中に失敗したんだぜ？　俺史上、最高の超赤っ恥回だったんだから」

「お稽古《けいこ》なされば、作れるようになりましょう」

「けど、時間がないんだろ？　あいつ、近いうちに消えちまうんだろ？」

「さよう……確実を期すなら、明日《あした》の夜を最後の機会と考えるべきでしょうね」

「それまでに……それまでに、あいつを失望させないような美味《おい》しいだし巻き卵……うあああ、やっぱ無理だ！」

海里は絶望の声を上げ、頭を抱えてしまう。

そのとき声を発したのは、ずっと沈黙し、海里の背もたれに徹していた夏神だった。

「作りたい気持ちはあるんか？」

海里は、縋《すが》るような目で夏神を見て即答する。

「そりゃあるよ！　気持ちだけだったら、二百五十パーセントだよ！」

疲れていても力のある声を聞いて、夏神はのっそりと立ち上がる。

「それやったら、教えたる」

「えっ？　夏神さんが？　マジで？」

夏神は、ニッと笑って頷《うなず》く。

「さっきお前、俺のことを料理の先生やて言うたばっかしやないか。それやったら、俺が教えなアカンやろ」

海里は、自分の気持ちを落ち着かせるために、無意識に胸元を手のひらでとんとんと叩《たた》いた。

「それって、明日の夜までに出来るようにしてくれるってこと？」

「それはお前の努力次第やろが。俺は、作り方を教えたるて言うてるだけや」

海里は胸に手を当てたまま数秒考え、そして、軽くよろめきながらも立ち上がった。

「じゃあ、教えてくれよ。俺、やるから。必ず、あいつがさすが五十嵐カイリって納得できるようなだし巻き卵を焼けるようになるから」

「よっしゃ。ほな、今から始めるか？」

「……お願いします！」

海里は背筋を伸ばすと、頭が膝《ひざ》に付くほど深く、夏神に頭を下げる。

「我が主を、どうかよろしく御願い申し上げます。……その、わたしにも手伝えることがあれば、何でも致しますので」

海里の半歩後ろに立ち、ロイドも優雅な仕草で一礼した。

「おう。任せとけ。久しぶりに、俺も燃えてきた。ビシビシ行くで！」

「はいっ」

元イケメン俳優と眼鏡の付喪神は、揃っていい返事をする。

しみじみ、あのとき店を閉めておいたのは正解だったと、夏神は自分の勘の良さを自画自賛しつつ、箱で買ったばかりの大量の卵に目をやった……。

＊　　＊

最初は、卵の代わりに折り畳んだ濡《ぬ》れ布巾《ふきん》を卵焼き用の四角い銅鍋《なべ》に載せ、手首のスナップを利かせながら、菜箸《さいばし》で向こうから手前に卵を畳む練習を繰り返す。

それが出来るようになったら、今度は鍋の幅に合わせてカットした蒟蒻《こんにゃく》で、同じ練習をする。蒟蒻は滑るので、布巾よりずっと難しい。

その初歩的な段階をクリアするだけで、すでに丑三《うしみ》つ時《どき》になっていた。

それから、だし巻きの命である一番だしを取り、だしと卵を合わせて卵液を作る練習を始めた頃には、空が白み始めていた。

「ええか、まずは卵をといて、白身と黄身がええ感じに混ざったら、だしを合わせる。ほんで、滑らかに均等に仕上がるように、卵液を必ず裏ごしせえ」

そんな丁寧な手を掛けた調理は、海里にとって初めての経験だった。

何しろそれまでは、五分でプレゼンテーションまで持っていかなくてはいけないので、いかに時短で済ませるか、というのが大命題だったのである。

卵液が調製出来るようになって初めて、彼は鍋を火にかけることを許された。

そこからは、まさに地獄の自主練習である。

夏神は、焼き方を口頭で教え、一度だけやってみせると、「ほな、俺寝るわ」と二階へ去ってしまった。

知識は与えた、技術も教えた、あとはお前の努力次第だ……ということなのだろう。

「よーし……！」

海里は、夏神愛用の、すっかり油の馴染《なじ》んだ鍋に丁寧に油を引き、教わったとおり、強めの火加減で卵を焼き始めた。

「手首を返して、向こうからこっち……うわっ、何だよ、全部いっせいに滑ってきた！」

悲鳴に似た声と共に、卵の最初の層が、みるみるうちに乱れたシーツのような無様な形で固まっていく。

「あああ……！　何だこれ。くっそ、初手から失敗かよ～」

無論、そこで卵を無駄にするわけにはいかないので、練習がてら最後まで焼いてみたが、もたついているうちに卵が焦げ、しかも両端で明らかに太さが違う。

切ってみると、焼き加減もまちまちで、火が通りきっていない卵がドロリと流れ出す部分があれば、カチカチに焼き切ってしまった部分もあり、どう考えても「美味《おい》しそう」には見えない。

「さ……最初はこんなもんだよなっ？」

それでも失望を押し隠し、強がりを言う海里に、朝になって眼鏡に戻ってしまったロイドも、カウンターの上から力強く応援する。

「ええ、そうですとも！　必ず、我が主ならやり遂げられます。このロイド、ずっと見守っておりますよ」

「おう、頼むぜ！」

意気《いき》軒昂《けんこう》な二人のやり取りを、夏神は階段の上でこっそり聞いていた。

「……あの元気が、いつまで続くやろか。昼にはべそかいとるやろなあ」

そんな笑い交じりの呟《つぶや》きを漏らすと、彼は大あくびをしながら、居間兼寝室へ引き上げたのだった。

ところが、夏神のそんな予想は、見事に外れた。

海里は、数回、闇雲に卵を焼いては無残に失敗するというパターンを繰り返した後、癇癪《かんしゃく》を起こして一度は鍋を放り投げたのだが、ロイドの諭しもあって、気を取り直した。

そして、再び濡れ布巾での練習に戻ったのだ。

卵を焼いたときに失敗した段階を、濡れ布巾と蒟蒻で完璧《かんぺき》に克服する。

そして満を持して卵を焼き、また失敗したところを代替品でやり直す。

根気強い練習を、ほんの短い休憩を経て延々繰り返した海里は、とうとう午後七時前、夏神が「まあ、ええん違うか」と合格点を出すようなだし巻き卵を焼き上げることができた。

そのときには既に、鍋を振りすぎた海里の左手首は腫《は》れ上がり、前腕の筋肉は石のように固くなっていた。男にしては綺麗《きれい》な手にも、あちこちに油が跳ねて痛々しい水ぶくれが出来ている。

火に煽《あお》られて頬を赤くし、ヘトヘトに疲れ果てながらも、海里はとても高揚した気持ちだった。

「本当に、美味しゅうございますよ、我が主」

日没を待ちわびて人間の姿になったロイドは、満面の笑みでだし巻き卵を頬張った。

どうやら、海里の練習を見守りながら、ずっと食べてみたいと思っていたらしい。驚くほど器用に箸《はし》を使っている。さすが日本育ちというべきだろうか。

夏神も海里もだし巻き卵を注意深く味わい、笑みを交わした。

火加減は均等で、ギリギリ火が通ったふんわりした軟らかさを保っている。敢《あ》えて巻き簀《す》で形を整えなくても、ふっくらしたシルエットはそのままで美しく、焼き色はほとんどついていない。

太さはどこも均一で、箸で軽く押しただけで、極限までたくさん含ませた香り高いだしが、層になった断面からじゅわっと溢《あふ》れ出してくる。

卵とだし、そして太白ごま油の優しいこく。どこに出しても恥ずかしくない、立派なだし巻き卵である。

「よう頑張ったな」

夏神は、ホロリとした笑顔で言った。しかし海里は、真顔になってかぶりを振る。

「その台詞《せりふ》は、全部終わってからもらう。まだ、準備が済んだだけだから」

毅然《きぜん》とした態度でそう言い放った海里に、夏神は本気で驚いた顔をし、それから「ほおう」と、いかにも感心しきりの声を出した。

「な、何だよ」

「お前、面構えがちょっとだけ変わったで」

「え？」

「出会ったときは、何もかもがどうにでもなったらええっちゅうやけっぱちの荒《すさ》んだ顔やったし、次の日からも、飼い主に捨てられたワンコみたいな顔やった。けど、昨日お前が言うたみたいに、ようやく、地面を踏みしめて、しっかり立っとる男の顔や」

「……夏神さん……」

「頑張れや、イガ。俺はこれ以上、何もしたれへんけど、応援だけはガンガンするからな」

「いや、そんなこと言ってる場合じゃなくて、店開けなきゃ」

壁掛け時計に目をやり、海里は夏神にそう言った。だが夏神は、ゆっくりとかぶりを振った。

「今日は、従業員研修につき臨時休業」

「は⁉」

「……て、張り紙してあるねん。今朝、寝る前に出してきた」

「えっ……？　ちょ、俺のためにそんな……大損じゃん！　駄目だよ、そんなの」

海里は焦ってウロウロと視線を彷徨《さまよ》わせる。

それでも夏神は、泰然とした態度で、海里の頭をぽんぽんと叩《たた》いた。

「金銭的には損かもしれへんけど、この店で初めて、幽霊が救われるかもしれへんのや。それは、俺がしとうてずっとできへんかったことやから。お前がやり遂げてくれたら、俺も嬉《うれ》しいんや。せやからええねん」

「……なんか……お人好《よ》し過ぎだよ、夏神さん。行きずりの俺なんか拾っちゃって、ここまでしてくれて」

夏神は、だし巻き卵の最後の一切れを、ロイドの抗議の視線をあっさり無視して頬張り、あっけらかんとした笑みを浮かべる。

「そう言うお前も、行きずりの眼鏡を拾ったやないか。師弟で似たり寄ったり、ええこっちゃ」

「うん。……だな。何かいいな、お人好し師弟って」

「せやな」

「へへっ」

酷《ひど》くはにかんだ、芸能人時代は決してしなかった無防備な笑みを浮かべ、海里は片手を上げる。夏神は、その手に自分の一回り大きな手のひらを勢いよく打ち合わせた……。


肩を優しく揺さぶられ、海里はふっと目を覚ました。

店で幽霊の青年を待つうち、疲れが出て寝入ってしまったらしい。カウンターの中のスツールに座っていたはずだったのに、いつの間にか客席の椅子を並べた上に寝かされている。

運んでくれたのは夏神だろうが、それにも気付かないほど熟睡していたようだ。

傍らに立ち、肩に触れているのは、ロイドだった。

海里を手伝いたいという気持ちの表れか、自らもエプロンを身につけたロイドは、穏やかな笑みでこう告げた。

「今夜のたったひとりのお客様がお見えですよ、我が主《あるじ》」

「……お、おう」

眠気は瞬時に霧散する。むくりと起き上がった海里は、いつもの席に、すっかり見慣れた顔を見て、「よし」と小さく頷《うなず》いた。

夏神は、テーブル席に座り、黙って頷いてみせる。そこから、すべてを見届けるつもりなのだろう。

海里はロイドを従えてカウンターの中に入り、青年に向かって、深々と頭を下げた。

「おはようございます。いらっしゃいませ、僕のキッチンへ！」

それは、料理コーナーを始めるときの、定番の挨拶《あいさつ》だった。海里はカメラの前でしていたのとそっくり同じように、明るい声を張り上げる。

「今日は、君だけが僕のお客さんだよ。心を込めて作るから、見守っていてくれよな！」

青年の顔に、初めて微《かす》かな驚きの色が浮かんだ。彼の唇が、小さく動く。

い　が　ら　し　か　い　り
声なき声が自分の名前を呼んだのに気づき、海里は大きく頷いた。

「それでは、調理にかかります。今日の材料は凄《すご》くシンプル。丁寧に昆布と鰹節《かつおぶし》でとった極上のだしと、新鮮な卵。それに、薄口醬油《しょうゆ》少々、塩少々。なんとこれだけ！　だけど今日は時間制限なしだから、いつもよりもっと心を込めて込めて、込めまくって作るよ！」

とてつもなく懐かしいハイテンションのトークを繰り広げながら、銅鍋《なべ》を火にかけ、ロイドが手渡してくれるボウルに卵を五個溶く。卵と同量より微妙に少ない程度のだしを混ぜた卵液を裏ごしして、生地の準備は完了である。

鍋に油を引き、卵液を少し流すと、じゅーっといい音がして、芳《こう》ばしい匂いが立ち上るが、焦げはしない。

「火加減は、あくまで強めをキープ。失敗を恐れないで。火加減は変えずに、鍋を火から遠ざけるのが、賢いやり方だよ！　そして、見て！　手首を下から斜め上に向かってコンパクトに返しながら、箸で遠くから近くに向かい、くるんくるんと卵の層を折り畳んでいくよ！　どう、格好いいでしょう？」

半熟に火が通った卵は柔らかいが、まるで絨毯《じゅうたん》でも丸めているように、海里の手つきはスムーズだった。

空いたスペースにまた油を引き、そして畳んだ卵を奥へやり、新しく空いた場所に油を引き、そして次の卵液を注ぐ。

「ほら、どんどんだし巻き卵が太くなってきたね。これで最後。火加減は強めでも、手早く返せば、焦げたりしない。最悪、ちょっと焦げてもそれはそれで好きな人がいるかもだけど……でもやっぱり、やるからには完璧を目指そう」

そんなことを言いながら、几帳面《きちょうめん》に同じ手順を繰り返し、とうとう彼は、大きなだし巻き卵を焼き上げた。

それを敢えて切らずに細長い皿にどんと載せ、海里はようやく青年の顔を見た。

「…………！」

視線が、真っ直ぐに合った。

海里は息を呑《の》む。

青年はキラキラ輝く目をして、海里がだし巻き卵を作るさまを見守っていたのだ。調理に没頭し過ぎて、調理過程で青年の様子をチェックするのを忘れていたのだが、彼は静かに興奮した面持ちで、海里を凝視していた。

（喜んで、くれてる！）

青年の喜びが、海里にも確かに伝わった。だからこそ、腹の底から元気な声が出る。

「今日は君だけのために言っちゃうよ。……ディッシー！」

決めぜりふと共に、右手の皿を思いきり青年の鼻先に突き出す。

「お待たせ！　幽霊だから食えないなんて、言ってくれるなよ。俺、死ぬ程練習したんだからな。……お前はだし巻き卵に敗北したかもしれないけど、お前の仇《かたき》は俺が取った！　これが、その証拠だ。五十嵐カイリが、お前だけのために作っただし巻き卵だぞ」

そう言いながら、巨大なだし巻きを、海里は青年の前にどんと置いた。夏神もロイドも、息を詰めて成り行きを見守る。

しばらく海里の笑顔と焼きたてのだし巻き卵を飽きず見比べていた青年の姿が、徐々にはっきりしてくる。もう、半分透けたような状態ではない。生きている人がカウンターに座っているような、自然な状態である。

青年は「いただきます」を言うように両手を合わせ、それから、海里があらかじめ割ってやった箸《はし》を取った。

海里の喉《のど》が、ゴクリと鳴る。緊張と期待で、心臓がバクバクしていた。

青年の箸は、だし巻き卵を大きく切り取る。断面からはだしが溢《あふ》れ、盛大に湯気が立ち上った。

「あっついぞ？」

思わず警告した海里に、青年はこっくりと頷き、しばらく待ってから、大きく口を開けた。だしの滴る卵を迎えに行くようにして、パクリと頬張る。

（ちゃんと食えた！　俺のだし巻き卵、食ってくれた）

ゆっくりと卵を咀嚼《そしゃく》し、飲み下し、青年は、そっと箸を置いた。

「何だよ、もっと食えよ。口に合わなかったか？」

心配そうに問いかける海里に、青年は小さくかぶりを振った。その痩《や》せた頬に、海里が初めて見る笑みが広がっていく。

「ほんじゃ、旨《うま》かったのか？　気に入ったか？」

こっくりと頷いた青年に、海里はホッと胸を撫《な》で下ろす。青年は、一文字ずつ区切るように、唇で言葉を紡いでいく。

だ　れ　か　に　ぼ　く　の　こ　と　を
「誰かに……僕のことを？」

青年の口の動きを読んで、彼の言葉を声に出す海里に、青年はこっくり頷いた。そして、新しい言葉を、音もなく吐き出す。

とくべつだっていってほしかったずっと

「特別だって……言ってほしかった……ずっと？」

青年は、また頷く。そして、何かをせがむように、海里をじっと見つめた。

「特別って……あったりまえだろ！」

海里はカウンターに両手を突き、身を乗り出した。

「この五十嵐カイリが人生で初めて、たったひとりのファンのために、だし巻き卵を作ったんだぞ！　少なくとも俺にとって、お前は滅茶苦茶《めちゃくちゃ》特別だ！　一生忘れないから、そのつもりでいろよな！」

想いを込めて、海里が力一杯投げつけたその言葉を噛《か》みしめるように、青年は胸に手を当て、はにかんだように笑った。

ありがとう

青年の目から、ポロポロと涙の雫《しずく》が零《こぼ》れる。頬を伝った涙は、キラキラ光る砂のように散ってふわりと広がり、青年の身体を包んでいく。

「あ……」

海里の裂けんばかりに見開いた目の前で、青年の姿は徐々に薄れ……そして消えた。

カタン、と乾いた音を立てて、彼が最後まで持っていた割《わ》り箸《ばし》がカウンターに落ちる。

「……ロイド⁉」

海里は動転して、背後にいたロイドに呼びかけた。哲学者のように思慮深い顔つきをして、ロイドは深く頷く。

「今度こそ、彼は本当に消えました。ですが、それは生きながら獣に足から食われるような苦しみながらの消滅ではありません」

「じゃあ……」

「憧《あこが》れの人が、自分を特別だと言ってくれた。自分が挫《ざ》折《せつ》しただし巻き卵を、みずから作って食べさせてくれた。その幸福感と喜びが、彼をこの世に縛っていた軛《くびき》から解き放ったのです」

「……つまり、成仏したってことなんか？」

「非常に仏教的な表現ですが、そういうニュアンスでよろしいかと」

夏神の「成仏」という言葉がストンと腑《ふ》に落ちて、海里は全身から力が抜けるのを感じた。

もはや踏ん張る必要もない。そう思うと膝《ひざ》がカクンと砕けて、タイルの上に座り込んでしまう。

「お、おい、大丈夫か？」

夏神が席を立ち、カウンター越しに背伸びして覗《のぞ》き込んでくる。

「や、だいじょぶ。なんか……ホッとしたら気が抜けた」

「お疲れさん。ようやった。……今度は素直に受け取れや？」

ニヤリと笑って夏神が再び投げた労《ねぎら》いの言葉を、海里は片手を上げ、キャッチするふりをする。

「ありがたく受け取る。……あのさ、夏神さん」

「お？」

タイルの上に足を投げ出し、食器棚にもたれた脱力姿勢のまま、海里は夏神の野性味溢れる顔を見上げた。

「俺、もう腰掛けじゃないことにしてもいいかな？」

夏神は、太い眉根《まゆね》を寄せる。

「どういう意味や？」

海里は、どうぞ拒まれませんようにと祈りながら立ち上がり、素直な心を言葉にした。

「この店で、夏神さんに教わりながら、料理の勉強を一からしたい。俺やっぱ、ちっこい存在でも、ほんのちょっぴりでも、人を喜ばせる仕事がしたい。だから俺のこと、ちゃんと店員として雇ってくれないかな？」

すると夏神は、憮然《ぶぜん》とした顔で言った。

「従業員研修のため、本日臨時休業って言うたやろ」

「……う？」

「俺の中では、とっくにお前は身内やっちゅうねん」

海里は、驚いた拍子にぴょこんと立ち上がる。

「夏神さん、それって……」

「当たり前やろ。正式採用や。何が嬉《うれ》しゅうて、臨時雇いを弟子にせなあかんねん。弟子を取るっちゅうんは、特別なことなんやぞ。それなりに覚悟も要るしな」

それを聞いて「うわあ」と驚きの声を上げた後、海里は「すげえ」と呟《つぶや》いた。夏神は、その簡潔すぎる反応を理解しかねて、ますます渋い顔になる。

「何やねん。嬉しいんか迷惑なんかどっちや？」

「嬉しいに決まってるじゃん。違うよ。俺は、ビックリしてたんだって。確かに、誰かの『特別』になるって、すげえことだな。胸ん中がぽっかぽかになった。いきなり、ここが俺の居場所になった！」

大発見をしたような口調でそう言い、海里は呆《ほう》けたような顔をしている。

「……その歳になって、初めて知ったんか。お前はホンマに物知らずやなあ」

呆《あき》れ顔《がお》でそう言った夏神をよそに、ロイドはいそいそと海里にすり寄る。

「では、我が主《あるじ》。今回、大活躍したわたしのことも、あなた様の『特別な眼鏡』にしていただけませんか」

「……あのなあ。人の感動をぶち壊すなよ」

幾分迷惑そうに、横目で厚かましい付喪神を睨《にら》みながらも、海里の口元は笑ってしまっている。

「レンズ」

「はい？」

「新しいレンズ、入れなきゃな。だけど俺は視力がいいから、ただの伊達眼鏡《だてめがね》だぞ？」

「そ、それは、我が主。もしや……」

「俺専用眼鏡にしてやるっつってんの。近すぎる、離れろ」

照れ隠しなのだろう、嬉しそうな顔でぐいぐい近づいてくるロイドの薄い胸を思いきり押し返し、海里は、青年がいなくなったカウンターから、一口だけ減っただし巻きの皿を取り上げた。それを、夏神のいるテーブル席へと運ぶ。

「それよか、あいつの成仏を祝して、だし巻きの残り、みんなで食おうぜ。あいつが一口で昇天しちまうくらいだから、きっと世界一旨い！」

「世界一旨いはちょっとまだうぬぼれが過ぎるけど、まあ、今日は許したろ。ほな、祝杯も挙げんとな」

「はい、ご用意致します！　ビールでございますね！」

夏神の言葉に、ロイドが即座に反応する。

「あっ、俺ビール駄目！　冷蔵庫にグレープフルーツのチューハイ買ってあるだろ。それが俺の」

「えっ……？」

「えっ？」

冷蔵庫を開けたところで、海里の言葉にロイドが凍り付く。怪しすぎるリアクションに、海里の笑顔がジワジワと顰《しか》めっ面《つら》に変わった。

「てめえ、その反応はまさか……」

冷蔵庫の扉をひとまず閉め、後ろ手でかしこまったロイドは、人当たりのいい笑顔でサラリと白状する。

「ああ……いえ、昨夜、我が主が練習に没頭しておられる間、わたしはたいへん暇でございまして。退屈しのぎに冷蔵庫を開けましたところ、チューハイとやらを発見し、ちと未知の味を試してみたくなりました。気がつくとプシュッと……。実に美味でございましたよ」

「この野郎！　俺が死ぬ気で頑張ってるときに、何でお前が俺の祝杯用チューハイを飲んでんだよ！　俺専用眼鏡は即刻撤回だ！　この場で叩《たた》き割る！」

「なんと。武士に二言はないと伺っておりますよ！　しかも、飲食物のことでそう激昂《げきこう》なさるなど、実に大人げないと申し上げねばなりますまい、我が主よ」

「うっせえ！　食い物の恨みは恐ろしいってことわざも覚えとけ、このクソ眼鏡！」

狭い店の中で、正規採用したばかりの従業員と、その従業員に仕える付喪神がバタバタと追いかけっこをしている。

そんなあまりにも現実離れした馬鹿馬鹿しい光景に、夏神は思わずズキズキし始めた眉間《みけん》を、親指と人差し指で摘まんだ。

「賑《にぎ》やかなんはええと思うたけど……」

はあ、と溜《た》め息《いき》をつき、夏神はのっそりと立ち上がった。

「託児所か、ここは」

そんな泣き言を口にしながらも、大男の店主は、右手で海里、左手でロイドの襟首を猫の子のように摑《つか》み、喧嘩《けんか》の仲裁に取りかかったのだった。

エピローグ

「なあ、おい。どれがいいと思う？」

周囲に人がいないのを確かめてから、海里は自分の胸元に向かってヒソヒソ声で話しかけた。

ロングスリーブの黒いTシャツの胸元にかかっているのは、言うまでもなくレトロな丸レンズの眼鏡……ロイドである。

『どれと仰《おっしゃ》いましても、こうたくさんあっては、目移り致しますなあ』

「眼鏡のくせに目移りとか！」

付喪神の相変わらずのとぼけた返答に呆れ顔になった海里だが、彼もまた幾分目移りしている様子で、目の前の大きな書架を持て余し気味に眺めた。

彼らは「ばんめし屋」開店前の自由時間を利用して、JR芦屋駅近くの書店に来ていた。

今、海里が立っているのは、入り口近くの料理本コーナーである。

フロアのほぼ半分を占めている大型書店だけあって、料理の本の品揃えもかなり豊富である。背丈より少し高い木製の書架に、ぎっしりと大判の本が詰まっている。

表紙を出して陳列されている本が、きっと新刊や話題の書籍なのだろう。そのあたりだけでも、見ているだけで少しお腹が膨れてくるほどの数だ。

「ちょっとは料理を基礎から勉強しようと思ったんだけど、どこから手をつけりゃいいのか、さっぱりだな」

『わたしの目の前にございます、その一皿盛りの料理が表紙の本など如何《いかが》です?』

「これか?」

ロイドが勧める薄い本を手に取り、パラパラとめくった海里は、「あーダメダメ」とすぐに戻してしまった。

「こう言うカフェ飯っぽいのは、たいてい見かけ倒しなんだよ。一品ずつ見りゃ、大したことない料理ばっかだ」

『そういうものでございますか。見た目は華やかですのに』

首を捻《ひね》っている気配がありありとする声音で相づちを打ってから、ロイドはふとこう言った。

『そういえば、我が主はかつて、テレビでお料理を実演なさっていたとか。その頃、ご本は上梓《じょうし》なさらなかったので?』

「したよ。だけどさあ、偽物だったから」

『偽物……でございますか?』

「表向き、俺の本ってことになってたけど、料理を実際に作ったのも、レシピを書いたのも、料理研究家の卵。俺は、それっぽい衣装とポーズで写真を撮っただけ」

『料理の本にも、ゴーストライターが存在するのですか。それはそれは。して、その本はいずこに？』

「もう書店には置いてないだろ。俺、芸能界をクビになったんだし」

そう言いながらも、海里の視線は忙《せわ》しく書架の上から下へと移動し、そして……。

「マジか。まだあったわ」

驚きと喜びと自己嫌悪、その他諸々《もろもろ》の感情が入り交じった声を上げ、海里は一冊の本を取り出した。カラー印刷された表紙には、フライパンを持って陽気に笑う海里の姿が印刷されている。

「いい気なもんだ」

苦い声音で呟《つぶや》いた海里は、ろくに中を見もせず、本を書架に戻そうとした。そんな海里に、ロイドは不思議そうに問いかける。

『お買い求めにならないので？　夏神様にお見せになれば、お喜びかと』

「冗談じゃねえ。恥ずかしくて見せられるかよ、こんなもん」

『恥ずかしい？』

海里は顰めっ面で、屈託のない自分の笑顔を見下ろした。

「夏神さんは、マジで旨《うま》い料理を作ってる人だぞ。こんなチャラチャラした本、見せられっかよ。むしろ見せたら恥ずかしくて死ぬわ、俺」

『おや、我が主《あるじ》はずいぶんと謙虚でいらっしゃいますな』

ロイドはイヤミではなく本心からそう言ったようだったが、海里は渋い顔のままで肩を竦《すく》めた。

「謙虚じゃねえ、ただの馬鹿なんだよ。全部なくしたと思ってたけど、最初から何も持ってなかったんだって、やっと気がついた」

『何も……持っておられない？』

「俺のもんだと思ってたこのコック服も、料理も、キッチンも……自分の笑顔だってまやかしだ。今の俺には、何もねえもん」

投げやりにそう言って、海里は今度こそ自分の本を書架に戻した。そして、踵《きびす》を返し、書店を出る。

『本をお買い求めにはならないので？』

「買うけど、何となく今日はそんな気分じゃなくなった。明日《あした》、また来る。今日は、ミスドでドーナツでも買って帰るわ。お前も、夜になったら人間の姿になって食うだろ、ドーナツ」

『我が主のお志を無下《むげ》に断ったりはできません。フレンチクルーラーでしたらなおさら』

「フレンチクルーラーを買えってことかよ。ったく、どんだけグルメ眼鏡君なんだ、お前」

エスカレーターで一階を目指しつつ、海里は苦笑いで肩をそびやかす。そんな海里に、相変わらず眼鏡のままのロイドはえへんと小さく咳払《せきばら》いしてこう言った。

『ときに我が主よ、先ほどのお話ですが、一つだけ訂正させていただきます。あなた様は何も持たざる者ではいらっしゃいませんよ』

「あ？　じゃあ、今の俺が何を持ってるってんだよ？」

真っ直ぐ通った鼻筋に浅い皺《しわ》を寄せる海里に、ロイドは澄ました口調で答えた。

『このわたしを』

「あ？」

『あなた様には、この不肖ロイドがついております。夏神様もいらっしゃいます』

「…………」

『かの名将武田信玄は、「人は城、人は石垣、人は堀」と仰ったとか。人は何よりの財でございます。頼れる師、頼もしいしもべは、あなた様にとって、何物にも代え難い宝となろうかと』

しばらく呆気《あっけ》にとられた顔をしていた海里は、プッと噴き出した。

『……わたしは何か、おかしなことを申しましたでしょうか？』

「夏神さんはともかく、どんだけ自己評価高いんだよ、お前は。ったく、お前と話してると、凹んでる自分が馬鹿馬鹿しくなってきた。ドーナツ買ってとっとと帰ろうぜ。で、今夜も夏神さんを手伝って、旨い飯を作る！」

『それがよろしいかと。フレンチクルーラーをお忘れなく』

「しっけーな！　買ってやるっつってんだろうがよ」

言葉はぶっきらぼうだが、海里の顔からは、さっきまでの憂いの色がすっかり消えている。

頼もしい「しもべ」を首にぶら下げ、海里は早くも漂ってきた甘い香りを嗅《か》ぎながら、ドーナツがズラリと並ぶ店に軽い足取りで入っていった……。

ばんめし屋の生姜焼き レシピ

どうも、夏神です。今回は、俺のレシピを特別にお裾分けっちゅうことで、日替わり人気メニューの「生姜焼き」をご紹介します。
本の中ではさっさーと作っとるけど、実は前夜の仕込みがプロのチョイ技。ちょっとめんどくさいと思うかもしれへんけど、その一手間で肉が軟らこう、風味もようなるから、試してみてな！

★材料(2人前)

豚ロース生姜焼き用　4枚(約200g)
タマネギ　1つ　ちょっと多いくらいが適量
蜂蜜　大さじ1
日本酒　大さじ1
醤油　大さじ1
みりん　大さじ1
生姜　ひとかけをすり下ろして
チューブやったら3センチくらい。その辺はお好みで
塩、胡椒
粗挽きがお勧め。噛んだときの刺激が、ええアクセントになる

★作り方

❶まずは、密閉できるビニール袋(フリーザーバッグが楽。普通のビニール袋なら、二枚重ねで)を用意して。豚肉に軽う塩を振ったら、蜂蜜を指で塗りつけて、よう馴染ませて。こういう作業は、手がいちばんええよ。肉をなるべく空気を抜いた状態で袋に密封したら、冷蔵庫で一晩、寝かせといて。そんなに待てへんっちゅうときも、2時間は置いてな。

❷さあ、作ろか。豚肉を袋から出して、さっと蜂蜜を洗い流して水気を拭き取ろう。そのまま焼いてもええんやけど、焦げつきやすいから、流したほうがええよ。
で、食べやすい大きさ(3つくらい)に切り分けたら、胡椒を振ってフライパンで焼く。ノンスティックパンやったら、油は特に必要ないで。焼きすぎると硬うなるから、肉の色が変わったら、すぐ別の容器に取り出しとこう。

❸豚肉を焼いとる間に、縦半分に切ったタマネギを5ミリ厚くらいにスライスしといてな。この辺は目安を言うてるだけやから、きっちり5ミリでのうてええよ。
豚肉を取り出した後のフライパンで、そのままタマネギを炒めたらええ。中火から強火で、シャキッとした歯ごたえが残るように豪快に炒めるのがコツや。焦げはアカンけど、軽い焼き色は美味しさになるんやで!

❹タマネギに火が通ったら、豚肉をフライパンに戻して、手早く生姜、日本酒、醤油、みりんを加えよう。自信がないときは、準備段階で調味料を合わせておくと安心や。焦げつかん程度に強い火加減で、できるだけ短時間で肉とタマネギに調味料を絡めたらでき上がり!

❺お皿に気前よう盛りつけて、好みの生野菜をたっぷり添えて、できたてを食べてや。お勧め野菜は、やはりキャベツの千切りやな〜。

ご飯が進むメニューやから、お代わり必至!

本書は書き下ろしです。
この作品はフィクションです。実在の人物、団体等とは一切関係ありません。

最後《さいご》の晩《ばん》ごはん

ふるさととだし巻《ま》き卵《たまご》

椹野道流《ふしのみちる》

平成26年 10月25日　初版発行
平成27年 3月5日　5版発行

発行者●堀内大示

発行所●株式会社KADOKAWA
〒102-8177　東京都千代田区富士見2-13-3
電話 03-3238-8521（営業）
http://www.kadokawa.co.jp/

編集●角川書店
〒102-8078　東京都千代田区富士見1-8-19
電話 03-3238-8555（編集部）

角川文庫 18824

印刷所●株式会社暁印刷　製本所●株式会社ビルディング・ブックセンター

表紙画●和田三造

ISBN978-4-04-102056-2　C0193

角川文庫発刊に際して

角川源義

第二次世界大戦の敗北は、軍事力の敗北であった以上に、私たちの若い文化力の敗退であった。私たちの文化が戦争に対して如何に無力であり、単なるあだ花に過ぎなかったかを、私たちは身を以て体験し痛感した。西洋近代文化の摂取にとって、明治以後八十年の歳月は決して短かすぎたとは言えない。にもかかわらず、近代文化の伝統を確立し、自由な批判と柔軟な良識に富む文化層として自らを形成することに私たちは失敗して来た。そしてこれは、各層への文化の普及滲透を任務とする出版人の責任でもあった。

一九四五年以来、私たちは再び振出しに戻り、第一歩から踏み出すことを余儀なくされた。これは大きな不幸ではあるが、反面、これまでの混沌・未熟・歪曲の中にあった我が国の文化に秩序と確たる基礎を齎らすためには絶好の機会でもある。角川書店は、このような祖国の文化的危機にあたり、微力をも顧みず再建の礎石たるべき抱負と決意とをもって出発したが、ここに創立以来の念願を果すべく角川文庫を発刊する。これまで刊行されたあらゆる全集叢書文庫類の長所と短所とを検討し、古今東西の不朽の典籍を、良心的編集のもとに、廉価に、そして書架にふさわしい美本として、多くのひとびとに提供しようとする。しかし私たちは徒らに百科全書的な知識のジレッタントを作ることを目的とせず、あくまで祖国の文化に秩序と再建への道を示し、この文庫を角川書店の栄ある事業として、今後永久に継続発展せしめ、学芸と教養との殿堂として大成せんことを期したい。多くの読書子の愛情ある忠言と支持とによって、この希望と抱負とを完遂せしめられんことを願う。

一九四九年五月三日

送り人の娘

廣《ひろ》嶋《しま》玲《れい》子《こ》

イラスト／あさぎ桜

宿命の少女と
彼女を守る者達の、
古代ロマンファンタジー

「送り人」それは、死者の魂を黄泉に送る選ばれた存在。その後継者である少女・伊予は、ある時死んだ狼を蘇らせてしまう。蘇りは誰にも出来ぬはずの禁忌のわざ。そのせいで大国の覇王・猛日王に狙われ……。

ISBN 978-4-04-102064-7

カブキブ！1

榎《え》田《だ》ユウリ

イラスト／イシノアヤ

こんな青春、してみたい！
ポップで斬新な
青春歌舞伎物語!!

歌舞伎大好きな高校生、来栖黒悟の夢は、部活で歌舞伎をすること。けれどそんな部はない。だったら創ろう！と、入学早々「カブキブ」設立を担任に訴える。まずはメンバー集めに奔走するが……。

ISBN 978-4-04-100956-7

目白台サイドキック

女神の手は白い

太田忠司

イラスト／平沢下戸

**伝説の探偵刑事と
名家の若当主、
最強の相棒ミステリ！**

お屋敷街の雰囲気を色濃く残す、文京区目白台。新人刑事の無藤は、伝説の男・南塚の助けを借りるため、あるお屋敷を訪れる。南塚が解決した難事件の「蘇り」を阻止するために。警察探偵小説、書き下ろし！

ISBN 978-4-04-100840-9